新潮文庫

五能線の女

西村京太郎著

新潮社版

目次

五能線の女

第一章　成功報酬

1

私立探偵、橋本豊《はしもとゆたか》の事務所は、現在、四谷《よつや》三丁目の雑居ビルの中にあり、そこは、事務所兼住居である。

入り口から入って、十二畳のリビングルームが事務所になっていて、奥の八畳が、彼の住居である。

今年の四月に入って、橋本のところに、少しばかり収入のいい、調査依頼があった。

依頼主は、女性弁護士の井上亜紀子《いのうえあきこ》だった。二十八歳の、民事の弁護士である。

「どんな調査ですか？」

と、橋本が、きくと、

「簡単にいえば、素行調査です。ある男の人の、素行を調べてもらいたいんです。規定の調査費用はお出ししますし、その上に、もし、その男の人の素行調査をしていて、浮気がわかり、その証拠が手に入れば、さらに五十万円の成功報酬を払います」

と、井上弁護士は、いった。

「つまり、離婚裁判ですか？」

橋本が、きいた。

「ええ、離婚調停で、私は、奥さんのほうの弁護士なんですが、調停がうまくいかず、その上、裁判になって負ければ、奥さんは、一銭も慰謝料が取れないんです。それでこうして、あなたに、夫のほうの素行調査を依頼しに来たんですけど、やってくれますね？」

「ええ、やりましょう。面白そうだし、五十万円の成功報酬は、魅力的ですからね」

橋本は微笑した。

井上弁護士は、二枚の写真を、橋本に渡した。男と女の写真である。

「この男性のほうが、調査してもらいたい佐伯勇《さえきいさむ》さん、五十五歳。佐伯工業の社長さんなんですよ。女性のほうは、奥さんの佐伯香織《かおり》さん。ご主人の佐伯さんとは、一回り以上も若い三十八歳。その離婚調停が始まっているんです」

「どちらから、離婚したいといったんですか？」

「奥さんのほうからです。だから、どうしても、調停がうまくいかず裁判になったら、勝たなくてはならないんです。夫のほうから離婚を申し出たのならば、奥さんの側に問題がなければ、当然の権利として、慰謝料がもらえますけど、今回の場合は、奥さんの香織さんのほうが、どうしても、これ以上、結婚生活に耐えられない。そういって、離婚を申し入れていますからね。このままで行けば、夫の勇さんのほうは、慰謝料を、一銭も払わなくて済んでしまうんです」

と、井上亜紀子は、いった。

「この、夫の勇さんですが、以前も現在も、浮気をしているという感じは、あるんですか？」

橋本が、きいた。

「奥さんの香織さんは、夫は何回も浮気をしたし、今現在もしているといっていますけどね。勇さんが、誤魔化《ごまか》すのがうまいのか、あるいは、資産家でお金を持っているから、そのお金の力で、今までもみ消してきたのか、その辺は、わかりませんけどね、浮気の証拠が、つかめないんです。弁護士の私としては、夫の浮気が原因での離婚ということにして、慰謝料を、夫の側に支払わせてやりたいのですけど、今もいったように、証拠がつかめないから、強く出られません。そこで、こうして、あなたにお願いに来たんです」

と、井上亜紀子弁護士が、いった。

「それで、いつまでに、証拠をつかめば、いいんですか？」

「できれば、今月いっぱいにお願いしたいんです」

橋本が、きく。

「浮気の証拠というと、まず第一に考えられるのは、写真ですね。ほかにも、何か必要ですか？」

「浮気相手と一緒にいる写真、それから、二人の会話を録音したテープ、その他に、浮気相手の女性の、詳しい経歴なんかも、欲しいと思います」

と、亜紀子は、いった。

「承知しました。今月いっぱいに、何とか、この佐伯勇という人の調査をして、もし、本当に浮気をしているのなら、証拠をつかんでみせますよ」

橋本は、約束した。

2

橋本は、小型のテープレコーダー、集音マイク、それから、これも小型のカメラを用意し、愛車のミニクーパーSに乗って、翌日から、佐伯勇の尾行を開始した。

佐伯工業の本社は、新宿にある。

社長の佐伯の愛車は、白のロールスロイスである。佐伯自身は、自分では運転せず、専属の運転手がついているが、どうやら、その三十歳ぐらいの運転手は、佐伯のボディガードでもあるらしい。橋本が調べたところでは、その運転手は、S大の柔道部の出身だったからである。

もう一緒に暮らせない、ということなのか、妻の佐伯香織のほうは、一カ月程前から箱根の別荘に行っていて、永福町の自宅には、夫の佐伯勇しか住んでいない。

橋本は、佐伯の尾行を始めたが、なかなか、浮気の証拠は、つかめなかった。

毎朝、午前九時に出社し、夕方には、得意先の関係者を招待し、食事をした後、毎晩のように、銀座のシャノアールというクラブを使っているが、そのクラブのママのことや、ホステスのことを調べても、佐伯の女という証拠は、つかめなかった。

弁護士の井上亜紀子からは、毎日のように、督促《とくそく》の電話がかかってくる。

「まだ、佐伯勇の浮気の証拠は、見つかりません？」

と、きく。

「残念ながら、まだです」

と、繰り返してから、

「本当に、佐伯勇には、女がいるんですか？」

と、逆に橋本のほうから、きいたりした。

「必ずいますとも。だから、見つけて欲しいんですよ」

怒ったような口調で、弁護士の亜紀子が、いう。

「絶対にいるという証拠は、何かあるんですか？」

「私は、佐伯香織さんの弁護士ですよ。香織さんから、ずっと事情をきいていて、佐伯勇さんに、女がいることは、はっきりしているんです。それに苦しめられて、香織さんは、離婚に踏み切ったんですから」

と、亜紀子は、いった。

「しかしですね、あなたに頼まれてから、一週間、佐伯勇のことを調べていますし、尾行や監視をしているのですが、彼の女というのが、まったく出てこないんですよ。銀座のクラブでは、お得意さんを招待して飲んでいますが、そこに、特定の女性というのは、いないようです。本当に、浮気相手が、いるんでしょうかね？」

「絶対に、いるんです。絶対に」

亜紀子は、電話で繰り返した。

3

四月二十五日になった。今月いっぱいと期限を切られているから、猶予《ゆうよ》は、今日を入れてあと六日しかない。

その六日間で、果たして、浮気相手の証拠がつかめるだろうか？

それに、本当に、佐伯勇には女がいて、これまで、浮気を続けていたのだろうかと、橋本は、考え込んでしまったりする。

それが、二十六日になって、橋本の事務所に、一通の手紙が舞い込んだ。

差出人の名前は、ない。

その手紙には、こんな文章が書かれてあった。

〈佐伯勇さんには、女がいます。その人の名前は、三村《みむら》しのぶさん、年齢は三十八歳。偶然かも知れませんが、今の奥さんと同じ歳《とし》です。美人だということが、わかります。写真を同封しましたから、見てください。渋谷区宇田川町《うだがわちょう》にあるマンション、グランコート宇田川の八〇二号室に住んでいます。

佐伯さんとは、もう七、八年になる付き合いで、子供を一人もうけていますが、その子は、生後一年目に亡《な》くなっています〉

手紙には、そう書いてあって、写真が一枚、同封されていた。

中年の女性の、顔写真である。和服姿で、なるほど、美しい顔だちである。

その写真の顔を、橋本は、自分の頭の中に叩《たた》き込んだ。

怪しい手紙だが、手掛かりはこれしかない。だまされたつもりで、翌日から、橋本は、佐伯勇の尾行よりも、渋谷区宇田川町のマンションの前で、三村しのぶという女を見張ることにした。

三村しのぶは、写真では和服姿だが、実際には、洋服姿で、真っ赤なベンツを自分で運転して、外出することが多かった。

これで、佐伯勇が現れて、彼女のマンションで、一夜を明かすというようなことにでもなれば、それが、確実な証拠になると思ったのだが、なかなか、佐伯のほうは、現れなかった。

月末までの期限が、迫ってきていた。

二十八日午後十時過ぎに、やっと、佐伯勇が、ロールスロイスに乗って、問題のマンションにやってきた。

外で待ち合わせたのか、三村しのぶと一緒だ。

マンションの、三村しのぶの部屋には、彼女が留守の間に、盗聴器を仕掛けておいた。

まず、橋本は、車の中で、その盗聴器から届く、佐伯勇と三村しのぶの会話を、テープに録音していった。

二人の会話は、こんなものだった。

「あんなに電話をしたのに、なかなか来てくださらなかったのね」

「君も知っているように、家内と離婚調停中なんだよ。どうも、家内は、私立探偵を雇ったようで、ずっと尾行がついている。それに気づかずに、君と一緒にいれば、肝心の離婚調停に負けて、家内に、莫大《ばくだい》な慰謝料を取られてしまうからね。だから、ずっと用心していたんだよ」

「それなのに、今日は、大丈夫だったんですか？」

「ここ二、三日、今いった私立探偵を見かけないからね。何もつかめず、諦《あきら》めたと、私は思っている。だから、こうして、ここにやってきているんじゃないか」

「奥さんとの離婚調停は、いつまで続くんですか？」

「来月には結果が出るはずだ。だから、それまで、君との関係がバレなければ、すべてうまくいくんだよ」

「奥さんと完全に離婚することができたら、その後で、私と一緒になってくださるんですね？」

「ああ、一緒になるとも。ただ、問題は、離婚する前に、君と付き合っていたことが、わかるとマズい。だから、君との関係は、離婚調停が終わってから、付き合いを始めたということにしたいんだよ。そのために、いろいろとやっているから、君は、何も心配することはない」

「奥さんは、私のことを知っているのかしら？」

「いろいろと、私の身辺を調べているらしいが、しかし、君のことは知らないだろうし、その辺は、大丈夫だ。ちゃんと用心しているからね」

「それで調停がうまくいけば、あなたと一緒になれるんですね？」

「その通りさ」

「本当に、待ち遠しかった」

「私だって同じだ。家内と一緒の生活は、本当に味気なかったからな。これで、君と本当に楽しい生活を送ることができる」

「私ね、あなたと本当に一緒になった後、どんな生活ができるか、それをいろいろと考えているんですよ。考えていると、嬉《うれ》しくなってくるの」

「調停がすべて済んだら、ゆっくりと、その話をきくよ。自由になったら、どこにでも行けるし、どこにだって、君と私の別荘を買うことができる。君の好きな沖縄にだって、家を建てることができるんだよ」

「考えてみたら、あなたとは、もう何年の付き合いになるのかしら？」

「八年かな」

「もう八年」

「その間、君に、日陰の暮らしをさせておいて、申し訳ないと思っている」

「正直いって、八年の間には、時々、辛《つら》いこともありましたよ。でも、まもなく、そんな辛い生活も終わるんですね。これからは、おおっぴらに、あなたの奥さんとして、生きていけるんだ。そう思うと、何だか、ウソみたいな気がしてきて」

「これは、夢なんかじゃないんだ。そうだ、これから風呂《ふろ》に入りたいから、用意してくれ」

録音された二人の会話は、そんなものだった。

朝になってから、橋本は、車の中からカメラを構えて、佐伯勇が出てくるのを待っていた。

やがて、迎えのロールスロイスが現れ、女に送られて、佐伯勇がマンションから出てきた。

佐伯勇が、ロールスロイスに乗って、走り去る、その姿に、橋本は夢中になって、シャッターを切り続けた。

4

二十九日の夕方、橋本は、新宿のホテルで、弁護士の井上亜紀子に会い、写真と、二人の会話を録音したテープを、彼女に渡した。

亜紀子は、写真を見ながら、録音されたテープをきき、それが終わると、満足そうに、ニコリと笑った。

「これで、間違いなく、裁判には勝てますよ。そうしたら、お約束の成功報酬をお支払いします」

問題の離婚調停が成立したと、亜紀子から連絡があったのは、月が変わって、五月十八日である。

橋本は、成功報酬をもらうために、新宿のホテルのロビーで、もう一度、井上亜紀子弁護士に、会った。

亜紀子は、嬉しそうに、微笑しながら、

「おかげさまで、うまくいきました。佐伯勇さんに、あなたの撮ってくれた写真を見せ、テープも聞かせたら、浮気していることを認め、慰謝料を払うことを、約束してくれました。これが、調査費用とお約束の成功報酬です」

と、いって、封筒に入った札束を、橋本に渡した。

橋本は、それを調べてから、

「よかったですね。私も、引き受けた手前があるから、調停がうまくいったときいて、ホッとしています」

と、いった。

「香織さんも、お礼がいいたいといっていましたけど、それは、私が止めました。私が、私立探偵のあなたに、いろいろと調査を依頼したということは、あまり周囲に知られたくないんですよ。そのほうが、すっきりしていますものね。改めて、お礼をいいますけど、あなたも、これで、調査依頼のことを、きれいさっぱり忘れてくださると、ありがたいと思っています」

と、亜紀子は、いった。

橋本も、笑って、

「この調査依頼については、報告書を書いていませんよ」

と、いった。

5

橋本は、もちろん、素行調査をしたのだから、正規の報酬ももらっている。

そのほかに、五十万円の成功報酬が入ったので、今まで行きたいと思っていた旅行に、出かけることにした。

橋本は、前々から、一人での列車の旅行を楽しみにしていた。行きたいところは、日本だけでも、いくらもあった。

その中でも、いちばん行きたいと思っていたのが、青森県の日本海側を走る、五能《ごのう》線《せん》というルートである。

五能線は、青森県の川部から五所川原《ごしょがわら》を経由して秋田県の東能代《ひがしのしろ》までの路線で、五所川原の五と、能代の能を取って、五能線というわけである。

単線で、一両か二両編成の短い列車が走るローカル線だが、しかし風景の素晴らしさで人気のあるルートだった。

その途中には、有名な不老ふ死温泉があって、昔は、湯治客《とうじきやく》が行くだけのひなびた温泉だったが、今は、若者も泊まりに行く、人気のある温泉になっている。

橋本は、五月二十五日、事務所に臨時休業の札をかけてから、ショルダーバッグに、愛用のカメラやスケッチブックを入れて、待望の旅行に出発した。

まず、東京駅から、新幹線を使って、秋田に向かう。

ゴールデンウィークが終わった上に、梅雨《つゆ》にむかっているせいか、列車の中は空《す》いていた。

この五能線を走る「リゾートしらかみ」は、秋田から出発するので、橋本は、新幹線で秋田まで行き、翌日、秋田から、この「リゾートしらかみ」に乗ることにした。

昔は、乗客の少ない五能線だったのだが、日本海側の、景色の美しさや、途中にさまざまな名所旧跡があり、その上、不老ふ死温泉が有名になってきた。だから、最近は、若い人から老人にまで、好きな路線はというアンケートをすると、五能線と答える人が、増えてきた。

そのためなのか、この「リゾートしらかみ」の切符を取るのは、難しくなってきた。夏休み期間は、とりわけきびしいともいわれている。

幸い、五月下旬だったから、東京の旅行会社で、頼みに行った日の三日後の、「リゾートしらかみ」の切符を、手に入れることができた。

「リゾートしらかみ」は、四両編成で白とブルーのツートンカラーの「青池《あおいけ》」編成と、三両編成でグリーンの「橅《ぶな》」編成から成る、スマートな列車で、全席指定である。

橋本の乗った「青池」編成の「リゾートしらかみ1号」は、定刻の午前八時二十八分に秋田を出発した。五月末でも、ほとんど満席に近い。

秋田を出発して能代駅に入ると、駅のホームには、バスケットボールのゴールが作られていて、乗客が、そのゴールに、見事にボールを入れると、駅長が、記念品をくれるサービスがあった。

能代工業高校が、バスケットボールの全国大会で、何回も優勝しているから、この町では盛んなのだろう。

列車は能代を出ると、日本海の海岸線を走るようになる。荒々しい海岸の景色が続く。

今日は風が強くて、海が荒れていた。いかにも、北の、日本海という景色だった。

橋本は、1号車にある展望ラウンジに行ってみた。そこには、窓に向かってベンチが作ってあり、そこに腰を下ろすと、正面に、荒々しい日本海が見えるようになっている。

この辺りは、台風が近づくと、海から吹きつける波が線路まで押し寄せてきて、列車の運行が停まってしまうといわれている。

今日も、海は荒れていたが、列車が停車するほどの波は、押し寄せてきてはいなかった。

橋本は、以前は停車駅だった艫作《へなし》の手前に、新しくできたウェスパ椿山《つばきやま》という駅で、列車を降りた。

艫作の次の駅は、横磯《よこいそ》。その駅の名前だって面白い。五能線には、ほかにも、追良瀬《おいらせ》という駅があったり、轟木《とどろき》があったり、風が合う瀬と書いて、風合瀬《かそせ》という駅があったり、おそらく、その一つ一つの駅名に由緒《ゆいしょ》があるのだろうが、橋本には、わからなかった。

とにかく、橋本は、ウェスパ椿山で降りて、まず、スロープカー「しらかみ」に乗り展望台に向かった。展望台からは、日本海や世界遺産の白神山地の雄大な景色を見ることができ、よく晴れた日には、北海道も見えるらしい。

ウェスパ椿山の中にあるレストランで昼食をとったあと、橋本は、有名な、不老ふ死温泉に向かった。

今回の旅行の目的の一つが、海岸に露天風呂のある、不老ふ死温泉に行くことだった。

夏は、観光客であふれるらしいが、今はまだ、五月下旬である。さすがに、風が冷たい。

旅館の部屋でしばらく休んだあと、橋本は、その寒さに送られるようにして、海岸にある露天風呂に出かけていった。

旅館から歩いて二、三分ほどで、海辺の露天風呂である。

湯は、茶褐色に濁っている。鉄分が多いのかも知れない。

橋本が入っていくと、すでに五、六人の先客があった。風は冷たかったが、天気はよかった。

湯に浸《つ》かっていると、目の高さに海が広がっていて、その向こうに、真っ赤な太陽が、ゆっくりと沈んでいく。

一緒に風呂に入っている人たちも、その時は黙って、沈んでいく夕陽を眺めていた。

夕食は、海で獲《と》れる魚を主とした海産物料理を食べ、もう一度、湯に浸かってから、橋本は、床についた。

翌日、ここに来る時に乗った「青池」編成ではなく、「橅」編成の「リゾートしらかみ3号」に乗りたかった橋本は、宿でくつろいで、もう一回露天風呂に入り、ウェスパ椿山駅まで宿の車が行くというので、それに乗って駅に向かった。

ウェスパ椿山の昨日と同じレストランで遅めの昼食をとった橋本は、そこにある物産館やガラス工房をひやかしながら、時間をつぶし、緑にぬられた「橅」編成の「リゾートしらかみ3号」に乗った。3号車から、昨日と同じように、1号車の展望ラウンジまで歩いていく。

途中の2号車で、橋本は、通路を歩いていて、不意に、ボックス席の中に見たことのある女性を見つけて、驚いた。

ひさしの広い帽子をかぶり、サングラスをかけている、中年の女性である。通り過ぎてから、橋本は、アッと思ったのだが、もう一度戻って、顔を見るというわけにも行かず、そのまま1号車の展望ラウンジまで歩いてしまった。

座席に腰を下ろして、日本海を眺めていると、自然に2号車で見た女の顔が思い出された。

自信はないが、あれは、三村しのぶではなかったか？

橋本は、女性弁護士から頼まれて素行調査をし、佐伯社長の女、三村しのぶのことも調べた。通路を歩きながら、一瞬、目に入っただけだが、そのとき、アッ、あの女ではないかと思ったのである。

橋本は、井上亜紀子という女性弁護士から離婚調停がうまくいったという話をきき、五十万円の成功報酬ももらって、その後は、その弁護士にも会っていないし、佐伯勇という社長がどうなったのか、また、その社長の女である三村しのぶがどうなったかも調べてはいない。

その女が、この「リゾートしらかみ3号」に乗っている。

とすると、佐伯社長も、乗っているのだろうか？

しかし、2号車で見た女の横には、佐伯社長の顔は、なかった。

橋本は、しばらくの間、そのことが気になって、海の景色を見ながら、頭の中では、2号車で見た女のことを考えていた。

井上弁護士は、離婚調停がうまくいって、多額の慰謝料を、別れた奥さんが手にすることができたといっていた。

その後、離婚した佐伯勇は、どうしているのだろうか？

普通に考えれば、奥さんと正式に別れたのだから、今まで付き合っていた女、三村しのぶと一緒になったと、考える。

その三村しのぶと思われる女が、一人で、この東北の、五能線に乗っていた。何となく、ハッピーエンドではなくて、不幸なストーリーを、頭に浮かべてしまう。

佐伯勇は、奥さんと離婚して独りにはなったが、それまで付き合っていた女、三村しのぶとは、一緒にならなかったのではないのか、橋本は、どうしても、そんなふうに考えてしまうのである。

佐伯と一緒になれなかった女が、一人で、この五能線に乗っている。もちろん、そんな想像が当たっているとしても、それが、今の橋本に関係してくるというものでもない。すでに、あの素行調査は、終わってしまっているのだ。

（考えても仕方がないこと）

と、橋本は、自分にいいきかせてから、もう一度、海の景色に目をやった。

三村しのぶと思われる女が、この五能線に乗っていたことにはビックリしたが、もう関係のない女である。

そう思うと、少しずつ、目の前の海の景色のほうに、気持ちが入っていった。

鰺《あじ》ケ沢《さわ》駅からは、津軽三味線《つがるじゃみせん》の奏者が乗り込んできて、1号車の展望ラウンジで、津軽三味線をきかせてくれるというので、橋本は、カメラをとりに、3号車の自分の席に、戻ることにした。

2号車では、通路を歩きながら、さっき、三村しのぶと思われる女が座っていたボックス席に目をやったが、そこに、彼女の姿はなかった。

（途中で、降りてしまったのか？）

と、思ったが、もちろん、答えが出るはずはない。

橋本は、そのまま、3号車までいった。

橋本は、ボストンバッグからカメラを取り出し、ふたたび先頭の1号車のほうに向かって、歩いていった。

1号車のラウンジでは、すでに、津軽三味線の演奏が始まっていた。

津軽三味線を弾くのは、中年の男性で、女性のほうが、マイクを片手に、その三味線に合わせて、民謡を歌っている。乗客が、ラウンジに集まっていて、一緒になって手拍子をした。

車内は、津軽三味線、じょんがら節の世界である。

橋本も、それをきいているうちに、例の離婚調停のことも、三村しのぶのことも、忘れていった。

6

橋本は、五所川原で列車を降り、駅近くのホテルにチェックインした。

五所川原で降りたのは、そこから出ている、津軽鉄道に乗ってみたかったからである。

津軽鉄道は、冬のストーブ列車で有名で、もちろん、その頃に行ければいちばんいいのだが、今は五月である。それでも、橋本は、津軽鉄道に乗りたかった。

翌日、早めにホテルを出た橋本は、津軽鉄道の津軽五所川原駅に向かった。

ディーゼルカーに引かれた二両編成の列車に二十分ほど乗り、途中の金木《かなぎ》で降りた。

そこは、有名な太宰治《だざいおさむ》の生まれたところである。

太宰を好きな橋本は、前にも一度、金木に来て、太宰治が育った斜陽館を訪ねているのだが、今日も五能線に乗ったついでに、もう一度、斜陽館を訪ねてみる気になったのである。

金木駅で降りると、橋本は、まっすぐ斜陽館に向かった。

昔は、実際に泊まることもできたらしいが、今は、見学できるだけである。

橋本は、入館料を払って、中に入った。一階には、太宰治の写真や原稿、あるいは、太宰が書いた手紙などが、展示されている。明治四十年（一九〇七）に建てられた斜陽館だけに、中は廊下も柱も、磨かれてツヤが出ている。

しかし、歩くとギシギシ音がするのは、それだけ古い建物だからだろう。

太宰ファンらしい若い女性の姿が多かった。

斜陽館のそばには、津軽三味線会館が建っていて、そこでは毎日、実演が行われているというので、橋本は、そこにも入ってみた。

ステージでは、まず、中年の女性が出てきて、津軽三味線の由来や、普通の三味線とはどこが違うのか、などを話してから、演奏が始まった。

客席には、八分ほどの客が、入っている。

一時間近く三味線の演奏をきいた後、橋本は、会館を出て、その前にある土産物店に入っていった。

そこは、食堂もついていて、橋本は、早めの昼食を取った。食事をしながら、何気なく、テレビに目をやる。

ただボンヤリ見ているると、急に、その目が釘《くぎ》づけになった。

ニュースの時間で、テレビの画面に、見覚えのある女の顔が出てきたからである。

あの、三村しのぶの顔だった。

その写真の下に、テロップが「東京の三村しのぶさん、三十八歳」と伝えている。

橋本は、思わずアナウンサーの言葉に、耳を澄ました。

アナウンサーが、冷静な口調で、しゃべっている。

「昨日、五能線沿線の千畳敷《せんじょうじき》にある、太宰治の文学碑のそばで、中年の女性が首を絞められて殺されているのが、発見されました。所持していた運転免許証から、この女性は、東京都渋谷区の三村しのぶさん、三十八歳とわかりました。警察は、殺人事件と見て、捜査を開始しました」

ただ、それだけの、アナウンスだった。

橋本は、持っている観光案内を広げてみた。

五能線の沿線の地図で、千畳敷駅の場所を確認する。そこは、日本海の海岸線のそばにある駅なのだが、三村しのぶは、なぜそこで、殺されていたのだろうか？

橋本は、昨日、不老ふ死温泉を出て、ウェスパ椿山駅から「リゾートしらかみ3号」に乗った。その車内の2号車で、三村しのぶを見かけたのである。

彼女は、一人で乗っていたと、橋本は、思っている。

三村しのぶは、千畳敷の駅で、降りたのだろうか？　橋本は、それを見ていないから、断定はできない。

しかし、千畳敷の近くで殺されていたのだから、たぶん、千畳敷の駅で、「リゾートしらかみ3号」から、降りたに違いない。

しかし、なぜ、そんなところに行ったのだろうか？

そしてなぜ、殺されてしまったのだろうか？

橋本は、元々、捜査一課の刑事だった。その頃の気分は、まだ完全には抜け切れていない。

自然に、刑事の目、刑事の頭で、突然起きた殺人事件のことを考えてしまうのだ。

だから昼食を取り終えると、千畳敷に行ってみた。

三村しのぶが殺されていたという、太宰治の文学碑の場所は、すぐにわかった。その碑の周りには、ロープが張られている。県警が、そうしたのだろう。

橋本は、碑に書かれている言葉に、目をやった。

「この辺の海岸には奇岩削立し、怒濤《どたう》にその脚を絶えず洗はれてゐる」

太宰治の文学碑には、そう書かれてあった。

確かに、この辺りは波が荒く、大きな岩がゴロゴロしている。なぜ、ここで、彼女は、殺されたのだろうか？

この碑に書かれた太宰治の言葉と、この事件とは、何か関係があるのだろうか？

そんなことを考えてしまうのだが、もちろん、そこで答えが見つかることではなかった。

橋本は、千畳敷の上に腰を下ろすと、手帳を取り出した。そこには、あの井上亜紀子という女性弁護士の携帯電話の番号が、書いてあった。

連絡が必要なときは、事務所ではなく、携帯電話のほうに、連絡しろといわれていたのである。

橋本は、携帯電話を取り出すと、その番号にかけてみた。

しかし、返ってきたのは、

「この電話番号は、現在使われておりません」

という機械的なメッセージだけだった。

(おかしいな)

と、橋本は、思った。

あの女性弁護士は、携帯電話の番号を変えたのだろうか？　現在使われていないというメッセージが流れる以上、彼女は、携帯電話の番号を変えたに違いない。

あるいは、この番号の携帯電話を解約してしまったのか？

しかし、それは、どうも考えにくい。

あの時、井上亜紀子が使っていた携帯電話は、ドコモの９０１iシリーズという新しい型の携帯電話だったはずである。

(どうも、何かおかしい)

橋本は、海を見ながら、考え込んでしまった。

今日は、風も弱く、目の前の日本海も、穏やかである。風がないから寒くはないし、むしろ暑いくらいだった。

今まで、別におかしいと思わなかったことが、おかしく思えてくるのである。

考えてみると、あの女性弁護士は、かけてくるときも、いつも携帯電話で、こちらに連絡してきていた。こちらから、彼女の法律事務所に訪ねていったことも、電話をかけたこともない。

いつも、彼女のほうから、電話がかかってきていた。橋本が採った録音テープや写真なども、考えてみると、彼女の法律事務所に持っていったわけではなく、新宿のホテルのロビーで渡したのである。

成功報酬をもらったのも、ホテルのロビーでだった。

その時は、それを別に、おかしいとは思わなかったのだが、今から考えれば、少しばかりおかしくも思えてくる。

彼女が初めて、橋本の探偵事務所を訪ねてきた時、名刺を渡された。

その名刺には、確かに、彼女の法律事務所の場所と、電話番号が書かれていたのだが、今は持ってきていない。

橋本は、一週間の予定で、今回の旅行に出てきているから、あと四日間、旅を楽しむことになっていた。こうなってくると、旅を楽しむというよりも、その四日間で、調べてみたくなってきた。

これもまた、刑事だった頃の気持ちの名残だろうか？

しかし、調べるといっても、現在、橋本は、現職の刑事ではなく私立探偵なので、これといった力もないし、恩恵も受けられない。

橋本は、もう一度、五所川原まで引き返して、同じホテルに泊まることにした。

夕刊が配られてくると、すぐ、それに目を通した。この地方の新聞だから、千畳敷で起きた殺人事件については、かなり大きく載っていた。

橋本は、夕食を取りながら、その記事に目を通した。

〈昨日、五能線の千畳敷付近、太宰治の文学碑のそばで殺害されていた三村しのぶさんについて、警察の発表があった。

それによると、三村さんは、東京で東南アジアの民芸品を販売している会社の女性社長である。十年前に始めた輸入雑貨のビジネスが順調で、現在は、年商五億円といわれている。

従業員の話によると、三村さんは、楽しみにしていた東北旅行に行くといって、五月二十五日に、東京を出発している。

五能線の車掌が、車内で、三村さんを目撃しており、三村さんが、昨日、「リゾートしらかみ3号」に乗っていたことは、間違いない。

しかし、その後の三村さんの足取りがまったくつかめず、警察は、聞き込みから、三村さんの足取りをつかもうと、捜査している。

三村さんは、現在独身で、マンション暮らしをしていた。一カ月に一度は、東南アジア、特にインドネシアに、ビジネスで出かけていた。

また、三村さんを知る人は、彼女が、殺されるほど、他人から恨まれていたということは、考えにくいという。

県警では、怨恨《えんこん》による殺人と、行きずりの殺人の、二方面から、この事件を調べている〉

それが、夕刊に載っていた、記事のすべてだった。

また、旅行バッグとハンドバッグは死体のそばにあって、現金三十万円と、キャッシュカードなどは、盗まれていなかったと、テレビのニュースは伝えているから、怨恨の線が強いと、警察は、見ているようである。

夕刊には、三村しのぶの顔写真が載っていた。改めて、美人だと、橋本は思った。

しかし、なぜ、彼女は五能線に乗ったのか、そして、なぜ、千畳敷で殺されていたのかは、今の段階では、はっきりとはしなかった。

第二章 罠《わな》

1

橋本の携帯電話が鳴った。

「私、弁護士の、井上亜紀子です。覚えていらっしゃいます?」

と、女の声が、いった。

「もちろん、覚えていますよ」

「今、橋本さんは、東北にいらっしゃるのでしょう?」

「どうして、知っているんですか?」

「あなたに、連絡を取ろうと思って、事務所に電話をしたら、留守番電話に入っていたんですよ。一週間、休暇を取るって。それで、前にお会いした時、東北の五能線に乗ってみたいといっていたのを思い出したんです」

「ああ、それでね」

と、橋本が、うなずいた。

「それにしても、三村しのぶさんが、五能線の沿線で殺されたというのを新聞で読んで、ビックリしたんだけど、あなたも、ビックリしたんじゃないの？」

「もちろん、ビックリしましたよ。その件で、あなたの携帯電話に連絡を入れたのに、つながらなかったのですが」

「それは、申し訳なかったわ。あの携帯電話は、失《な》くしてしまったので、解約したの。それで、相談なんだけど」

と、井上弁護士が、いう。

「相談って、何ですか？」

「もう一度、お金儲《かねもう》けをしてみない？　また、成功報酬五十万」

と、井上亜紀子が、切り出した。

「今度は、どんな話ですか？　前と同じような離婚に関する調査ですか？」

「そうじゃないの。新聞によると、三村しのぶさんは五能線の千畳敷というところで、殺されていたというんだけど、そんな駅があるの？」

「ありますよ。その千畳敷という駅で降りると、太宰治《だざいおさむ》の文学碑があるんですが、三村しのぶさんは、その碑のそばで、殺されていたんです」

「あなたは、そこに行ったことがあるの？」

「行ってきましたよ」

「それなら、都合がいいわ。もう一度、そこに行って、探してもらいたいものがあるの」

と、亜紀子が、いった。

「その近くに、ハートの形にダイヤを配したブローチが落ちているはずなのよ。何とかしてそれを探して、持ってきて欲しいの。もし見つけてくれたら、成功報酬五十万円を払います」

「詳しく話してもらわないとわからないんですが、どうして、そこに、ダイヤのブローチが、落ちているんですか？」

「そのブローチだけど、殺された三村しのぶさんが、よくつけていたものなの。彼女、千畳敷で殺されたんでしょう？　その時、犯人と争っていて、胸から落ちたんじゃないかと思うの。新聞をいくら読んでも、そのブローチのことは、出ていないから、きっと、殺された時に地面に落ちて、警察もまだ、それを見つけていないと思うわ」

「しかし、どうして、そのブローチを、弁護士のあなたが、必要なんですか？」

橋本が、不思議に思って、きいた。

「詳しく話さないとわからないと思うけど、その前に、あなたのおかげで、私が弁護していた香織さんは、有利な条件で、夫の佐伯《さえき》勇と離婚することができたわ。改めて、それにはお礼をいいます。問題は、その後なんだけど、独りになった佐伯勇は、当然、三村しのぶさんと再婚すると、私は、思っていたのよ」

「僕だって、そう思っていましたよ」

「ところが、男と女の関係なんて、わからないものね。佐伯さんは、離婚が成立した後、三村さんと再婚するつもりだった。ところが、彼女には、他に男がいたのよ。そのことを知った佐伯さんが、三村さんと結婚しない、というと、彼女、佐伯さんに対して、一億円の慰謝料を、要求してきたわけ。自分は、八年間も佐伯社長に尽くしてきた。それも、奥さんと別れて結婚するという言葉に騙《だま》されて、ずっと尽くしてきた。その上、子供まで死なせてしまった。その間の慰謝料として、一億円を要求すると、いってきたのよ」

「それで、佐伯社長は、払うつもりになっていたんですか？」

「とんでもない。三村しのぶさんに若い男がいたとわかって、自分のほうこそ被害者だと主張していたわ」

「それと、ダイヤモンドのブローチと、どう関係しているんですか？」

「しのぶさんは殺されてしまったけど、今いった彼女の恋人、その彼が、しのぶさんと付き合っていたことを公《おおやけ》にするといって、慰謝料のかわりに、佐伯社長に一億円を要求しているのよ」

「それで、どうなりそうなんですか？」

「今もいったように、佐伯社長は、彼女は男を作っていた。そんな女に、一億円も払う必要はない。そう主張してたぐらいだから、彼女とは付き合っていなかったということにして、男に払う気なんかないわ。それで、ダイヤモンドのブローチだけど、実は、今年になってから、佐伯社長が彼女に、銀座の有名な宝石店で、買ってやったものなのよ。だから、そのダイヤのブローチが発見されたら、彼女と付き合いがあった決定的証拠になって、佐伯社長の負けで一億円払わなければならなくなる恐れがある。それで、佐伯社長は、何としてでも、そのブローチを見つけて、始末してしまいたいというわけ」

「今度はあなたが、佐伯社長の弁護をしているんですか」

「だから、人生って、わからないっていったでしょう」

「そのダイヤのブローチだけど、いくらぐらいするものなんですか？」

「あまり大きくないダイヤなんだけど、有名な、ピアジェの製品だから、値段は一千万。そんな高いブローチを、彼女に買ってやった。そのブローチが見つかったら、佐伯社長の不利になることは、明らかなのよ。だから、あなたに頼むの。あなたが、それを見つけてくれれば、今もいったように、五十万円の成功報酬を払うわ」

「ハートの形の、ダイヤのブローチですね？」

念を押すように、橋本が、きいた。

「ええ、そう。洒落《しやれ》たブローチだから、見つければすぐにわかるわ。警察に発見されなかったぐらいだから、たいへんかもしれないけれど、お願いだから、明日にでも、問題の千畳敷に行って、見つけてきて欲しいのよ。五十万の成功報酬以外にも、佐伯社長が、あなたにお礼として、百万ぐらいは払うと思うわ」

と、井上亜紀子が、電話の向こうで、いった。

2

翌日、五所川原のホテルで、朝食を済ませると、橋本は五能線の普通列車に乗り、千畳敷に向かった。

幸い、雨は降っていない。

井上弁護士がいったブローチを見つけることができたら、五十万の成功報酬が手に入るのである。悪くない。

千畳敷で、列車を降りた。まだ午前中のせいか、観光客らしい姿はない。

橋本は、まっすぐに、太宰治の文学碑に向かった。そのそばで、三村しのぶは、首を絞められて、殺されていたのである。

もう、昨日張られていたロープはなくなっている。

橋本は、その周辺を丹念に探していった。

井上弁護士の話によれば、問題のブローチは、ハート形に小さなダイヤを配したもので、大きさは三センチ四方ぐらい。

岩と岩との間に、はさまってしまっているのか、なかなか、問題のブローチは見つからない。

橋本は、少しずつ探す範囲を広げていった。

鈍く光るものがあったので、腰をかがめて地面に目を走らせると、それは、小さな貝殻が光っているのだった。

舌打ちをした時、背後に、人の気配を感じた。体を起こすと、そこに、背の高い男が立っていた。

年齢は四十歳前後という感じで、なぜかニヤッと笑って、

「君が探しているのは、これかね？」

と、いって、一本のボールペンを差し出した。

そのボールペンに、橋本は見覚えがあった。モンブランのボールペンで、例のモンブランのマークが、ついている。

男は、そのボールペンをかざすようにして、「ここに名前が彫ってある。YUTA KAHASHIMOTO、これは、君の名前かな？」

と、いった。

「どうして、そのボールペンが」

橋本は、訳がわからずに、呟《つぶや》いた。

そのボールペンは、橋本が私立探偵を始めたとき、昔の友人の刑事たちが、記念に名前を彫って、贈ってくれたものだった。

「どうして、それが？」

橋本が呟くと、男はまた、ニヤッと笑って、

「向こうに、落ちていたんだ。五月二十七日に、君が落としたんじゃないのか？」

「五月二十七日だって？」

「そうだよ。君がここで、三村しのぶという女性を、殺した日だよ」

男はいい、急に厳しい目になって、橋本を睨《にら》んだ。

「バカなことをいわないでくれ」

橋本が、いうと、男は、黒い警察手帳を取り出して、橋本に突きつけた。

そして、同僚の刑事を呼ぶと、橋本に向かって、

「殺人容疑で、署まで同行してもらう」

と、いった。

二人目の刑事が、橋本の腕をつかむ。反射的に、橋本は、その刑事を突き飛ばした。

「公務執行妨害！」

大声で、最初の刑事が叫ぶ。

その声をききつけて、また、一人の刑事が駆けつけてきた。

橋本はまだ、事態が吞《の》み込めなかった。

「おとなしくしろ！」

最初の刑事が大声で怒鳴り、橋本を睨んだ。

「どうして、僕を任意同行させようとするんだ？」

「だからいっているだろう？　殺人容疑。五月二十七日、君はここで、三村しのぶを殺した。今、刑事を突き飛ばしたから、公務執行妨害で、緊急逮捕！」

また、刑事が大声で、怒鳴った。

3

橋本は、途中で抵抗を止《や》めた。どうせ、すぐわかることだと思ったからである。

橋本は、パトカーに乗せられて、五所川原警察署に連行された。そこには、「千畳敷殺人事件捜査本部」の看板が掛かっていた。

橋本は、所持品をすべて没収され、取調室で谷本という青森県警の警部から、事情聴取を受けることになった。

谷本警部は、三十代の若い警部だけに、やけに張り切っていた。当然のことながら、最初から、橋本を犯人扱いである。

「まず、君の職業をきこうか？　名刺には、私立探偵となっているが、どんな私立探偵なんだ？」

「普通の私立探偵ですよ。調査依頼に応《こた》えて調査し、報告書を書いて渡す。依頼者からは前もって調査料の二〇パーセントをもらっています」

「君の事務所には、何人の私立探偵がいるんだ？」

「僕一人ですよ」

「五月二十七日に殺された三村しのぶさん、彼女とは、知り合いなんだろう？」

「確かに、彼女のことは知っていましたよ。しかし、仕事上知っているというだけで、妙な関係があったわけじゃない」

「五月二十七日、君は、どこにいた？」

「青森に来ていましたよ。五能線に乗ってね。ああ、その前日、不老ふ死温泉に泊まりましたよ。五月二十七日には、五能線に乗って、五所川原まで行き、駅の近くのホテルに泊まりましたよ。ええ、ずっと一人です」

「五能線の『リゾートしらかみ』に、乗ったんじゃないのか？」

「ええ、乗りましたよ」

「しらかみに乗って、二十六日には、不老ふ死温泉に泊まっている。そうなると、君は、殺された三村しのぶと、まったく、同じコースをたどっているんだ。われわれが調べた結果、彼女も、五月二十六日には、不老ふ死温泉に泊まり、二十七日には、『リゾートしらかみ』に乗った。君と同じコースだ。というよりも、君は彼女を尾行して、『リゾートしらかみ』に乗って、不老ふ死温泉に泊まり、五月二十七日には、同じように、彼女と同じ列車に乗り、彼女を尾行した。そして、千畳敷の太宰治の文学碑のそばで、君は、背後から彼女の首を絞めて、殺したんだ」

決めつけるように、谷本警部が、いった。

「そんなに簡単に、決めつけないでくださいよ。僕は、一週間の休みを取って、五能線を楽しみに来たんですから。そんな僕が、殺人事件を起こすなんて、あり得ないじゃないですか？」

「しかし、君は三村しのぶのことを知っていた。そして、彼女と同じ列車に乗り、同じ温泉旅館に泊まり、そして、殺人現場には、君のボールペンが、落ちていた。これが、君のそのボールペンだ。ここには、ちゃんと君のネームが彫ってある。自分のものじゃないなんて、ウソをいっても始まらんぞ」

谷本が、脅かすように、いった。

「そんなウソはいいませんよ。確かに、これは僕のボールペンです。しかし、今度の旅には、そのボールペンを持ってこなかった。だから、そのボールペンが、ここにあること自体、おかしいんですよ」

「正直に話したらどうなのかね？　君は、このボールペンを持って、青森にやって来たんだ。君は、ただ単に、五能線を楽しむために、来たんじゃない。顔見知りの三村しのぶを尾行して、東京から、やって来た。その理由は、はっきりしている。どこかで、隙《すき》をみて、彼女を殺そう。そう思って、君は、五能線に乗り、不老ふ死温泉に泊まり、そして、二十七日には、現場の千畳敷で、彼女を殺したのだ」

「困りましたね。第一、僕には動機がありませんよ。なぜ、僕が、親しくもない三村しのぶさんを殺すんですか？」

「動機については、だんだんと、わかってくるだろう。ただし、君のアリバイはまったくないんだ。それどころか、君が三村しのぶを殺したという状況証拠は、揃《そろ》いすぎている」

「何度でもいいますがね。僕は、三村しのぶさんを知ってはいるが、話したこともないし、恨みを持ったことも、感謝したことも、ないんですよ。いってみれば、赤の他人なんだ。それをどうして、僕が殺すんですか？」

「君は、三村しのぶを知っていた。どうして知っていたんだ？」

「東京で、ある離婚調停があったんですよ。その弁護士に頼まれましてね。私立探偵として、三村しのぶという女性の素行調査をした。それだけのことです。最近やった調査だから、よく覚えている。本当にそれだけの話ですよ」

橋本は、繰り返した。

「どんな離婚調停だったんだ？」

「困ったな。私立探偵には、守秘義務がありますからね」

「そんなことをいっている場合じゃないだろう？　君には、殺人容疑がかかっているんだ。こちらだって、今すぐ送検したっていいんだが、一応、君のいい分をきいてやっているんだ」

「じゃあ、いいますがね。東京に、佐伯工業という会社があるんです。そこの社長が、奥さんに離婚調停を起こされていた。奥さん側についていた、井上亜紀子という弁護士が、僕のところに調査を依頼してきたんですよ。佐伯勇が、もし浮気をしていれば、奥さんは、慰謝料をがっぽり取ることができる。それで、弁護士は、佐伯社長の浮気の証拠をつかんで欲しい。私立探偵の僕に、そういいましてね、調べたら、佐伯社長には、三村しのぶという女がいたんです。僕は、浮気の証拠をつかんで、井上弁護士に渡した。それで、井上弁護士が弁護していた奥さんが、慰謝料を取ることができた。それだけのことですよ。だから、僕は、三村しのぶという女性のことを知っているんです。しかし、何度もいいますがね。彼女と話したこともないし、彼女と親しく付き合ったこともない。ただ、頼まれて調査した。それだけのことです。だから、僕が、彼女を殺すはずはないんだ！」

橋本は、強調した。

「離婚調停か？」

「ウソだと思うなら、調べてくださいよ。僕に調査を依頼してきた、井上亜紀子という女性弁護士にきいてもらえば、すぐにわかりますから」

「じゃあ、その弁護士の、事務所の電話番号をきこうか？」

谷本にいわれて、橋本は、当惑してしまった。

「それがですね。いつも、弁護士さんのほうから、一方的に電話がかかってくるので、こちらからは、彼女の事務所に電話をしたことがないんですよ」

「どうも怪しいな。じゃあ、どうやって、その弁護士と連絡を取っていたんだ？」

「だから、いっているじゃありませんか？　彼女のほうから、一方的に電話がかかってきたんですよ。それでもうまく行きましてね。僕は、成功報酬として、五十万円ももらった。携帯電話の番号は教えてもらっていましたが、その携帯を失《な》くしたとかで、今はつながらないし、その後、新しい番号は、聞いていません」

と、橋本は、いった。

「どうも納得ができないな。君は、離婚調停の過程で、弁護士に頼まれて、夫側の愛人である三村しのぶを調べた。それなのに、その弁護士の事務所の電話番号も知らないという。おかしいじゃないか？」

「だから、いっているでしょう？　彼女の希望で、連絡は、彼女のほうから一方的に、電話で連絡を取ってきていたんですよ。もらった名刺には、事務所の電話番号が書いてありましたが、さっきいったように、こちらからかけたことがないし、かけるなといわれていたので、住所録にも書いていないんですよ。知りたければ、東京弁護士会で調べてもらってください。井上亜紀子という弁護士がいるはずだから」

と、橋本が、いった。

「よし、一応、調べてやろう」

谷本は、立ち上がった。

しかし、十分後には、谷本の表情が、一層険しくなっていた。

「東京弁護士会で調べてもらったら、井上亜紀子という女性弁護士は、いた」

「そうでしょう。いるはずですよ」

「確かに、いるにはいたが、しかし、君の話をしたら、そんな離婚調停で、私立探偵に調査を依頼したことはないと、いっているんだ」

「本当に、そういっているんですか？」

「相手は弁護士だぞ。ウソをつくはずはないだろう」

「離婚調停で、夫側や妻側の問題があるんで、調停のことは、表沙汰《おもてざた》にしたくないのかも知れませんよ。だから、もう一度、電話してくれませんか？　内密にすることを条件にすれば、僕に調査を依頼したことを、認めてくれるはずですから」

　橋本は、まだ楽観していた。

　しかし、三十分後には、谷本警部が一層怒った顔で、

「なぜ、こんなデタラメをいうんだ？　君の言葉を一応信じて、もう一度、井上弁護士に電話をしたら、関係のないことをきかないで欲しいと、怒られてしまったぞ」

「あの弁護士、どうして、そんなウソをつくんだろう？」

　橋本が呟くと、谷本警部が笑って、

「私にいわせれば、ウソをついているのは、君のほうだ。弁護士がウソをつく必要は、ないんだから」

「じゃあ、僕の携帯があったでしょう？　それを調べてください」

「君の携帯がどうしたって？」

「僕の携帯が押収《おうしゅう》されているはずですよ。それを調べてもらえば、昨夜遅く、井上亜紀子弁護士から、僕の携帯に電話が入っているんです。それがわかるはずですよ」

と、橋本が、いった。

「じゃあ、一応、君の携帯を調べてみよう」

谷本が、いった。案外、人がいいのかも知れない。

しかし、それもすぐ、谷本の怒りに変わってしまった。

「その携帯だがね。君を逮捕した時、君は携帯を放り投げた。それで、故障してしまっているんだ。君のせいだよ。君が地面に叩《たた》きつけたから、携帯が壊れたんだ。すぐには判《わか》らないよ」

4

午後になって、事情聴取が再開された。

谷本警部は、今度は、意外に優しい口調で、

「君は確か、三十歳だったな？」

「そうですよ。三十歳になったばかりです」

「結婚しているのか？」

「いや、まだ独身です」

「三十歳になっても独身なら、言葉は悪いが、女性に飢えているんじゃないのか？」

「どうして、そんなことをいうんですか？」

「君の動機だよ。君は、殺された三村しのぶのことを知っていた。彼女は三十八歳。君より八歳年上だが、しかし、なかなかの美人だ。色気もある。三十歳になっても、恋人がいなくて、女に飢えていた君は、三十八歳で色気たっぷりの三村しのぶに、のぼせ上がってしまった。君は、彼女に関係を迫ったが、断られた。そこで、腹を立てた君は、彼女を追って青森に来て、彼女をつけ回したんだ。五能線の『リゾートしらかみ』に乗って、不老ふ死温泉に泊まり、たぶん、そこでも君は、彼女を口説いたんじゃないのか？　しかし、あっさりとヒジ鉄を食らってしまった。一層腹を立てた君は、翌日、五能線の千畳敷まで、彼女を追いかけていき、太宰治の文学碑のそばで、彼女の首を絞めて殺してしまった。つまり、可愛《かわい》さあまって憎さ百倍というわけだ。そのあと、自分のボールペンがなくなっていることに気づいた。そのボールペンには、自分の名前が彫ってある。殺人の現場から、それが見つかったら大変だ。そこで、今日になって、君は、殺人現場に行き、必死になって、ボールペンを探していた。ところが、君より先に、うちの刑事二人がそのボールペンを見つけ出してしまった。まあ、君には不運だったんだな。命取りになるボールペンを、警察に先に見つけられてしまったんだから」

「何度もいっているでしょう。そのボールペンが、僕のものだということは認めますよ。しかし、僕が今回、五能線に乗りたくて、青森に来た時には、そのボールペンは、事務所の机の引き出しにしまっておいたはずなんですよ」

「そのボールペンが、どうして、ノコノコと、この青森までやって来て、殺人現場に落ちていたんだね？　不思議じゃないか？」

からかい気味に、谷本警部が、いった。

「僕は、罠《わな》にはめられたんだ！」

橋本は、うなるように、いった。

谷本が、笑って、

「たいていの犯人が、せっぱ詰まると、自分は罠にはめられた、自分は被害者だと、そういうんだよ」

「ウソなんか、ついていませんよ。僕は、間違いなく、罠にはめられたんだ」

「じゃあ、きいてやるが、誰が、君を罠にはめたんだ？」

谷本警部が、また、皮肉な目つきで、橋本を見る。

「そんなこと、わかりませんよ。しかし、これはどう考えたって、罠に決まっている。いちばん考えられるのは、あの弁護士だ。井上亜紀子という、女性弁護士ですよ」

「どうして、その弁護士が、君を罠にかけるんだ？」

「さっきもいったように、昨夜遅く、井上弁護士から電話があったんですよ」

「どんな電話があったんだ？」

「きいてもらえますか？」

「君の言葉は信用できないが、しかし、君を起訴するまでには、まだたっぷりと時間があるからな。いいたいことがあれば、いいたまえ」

谷本が、いった。

「今いったように、昨夜遅く、彼女から電話があったんですよ。僕の携帯にかかってきた。そして、彼女、こんなことを僕にいったんです。殺された三村しのぶは、ダイヤのブローチをつけていた。そのダイヤのブローチはブランドもので、最低でも一千万円はする高価なもので、新聞を見ても、そのことに触れていないので、どうも殺された彼女が、そのブローチを、どこかに落としてしまったのではないか。そのブローチを何とかして見つけて、東京に持ってきてくれないか？　そうすれば、五十万円の成功報酬を払う。そういわれたんですよ。それで僕は、今日、殺人現場に行って、ダイヤのブローチを探していた。そうしたら、県警の刑事に捕まってしまった。だから、罠だというんですよ。あの女性弁護士は、僕に、ダイヤのブローチを探せといったんです。しかし、そんなものは、はじめから落ちていなかったんだ。あの依頼は、きっと、僕を殺人現場に行かせるためのウソだったんだ。そうして、僕が現場で、ありもしないダイヤのブローチを探しているところを、刑事が見たら、僕が犯人で、自分に不利なものを見つけ出そうと、必死になっているように見えますからね」

橋本が、悔しそうに、いった。

「五十万円の成功報酬に釣られて、罠にはまってしまった。君は、そういいたいのか？」

「その通りです。僕は、井上弁護士から、離婚調停のための証拠集めをして欲しい。もし、うまく行けば、成功報酬として五十万円払うと、そういわれたんですよ。そして、現実に僕は、五十万円もらっている。だから、昨日も、井上弁護士から電話があって、今いったダイヤのブローチを見つけてくれれば、成功報酬五十万円を払う。そういわれて信じたんですよ。前にも、成功報酬五十万円といわれて、それをもらいましたからね。今度ももらえるんじゃないか。そんなふうに安易に考えて、殺人現場に行ったんです。そして、見事に罠にはめられてしまいました」

橋本は、小さく溜息《ためいき》をついた。

「君は、井上亜紀子という弁護士と、前から親しいのかね？」

「いえ、先月調査依頼があって、初めて、井上弁護士と知り合ったんです。それだけの付き合いですよ。だからかえって、あの弁護士を、信じてしまったということもありますが」

と、橋本は、いった。

「しかし、どうにも、君の話は信じられんね。相手は、東京弁護士会に所属する本物の弁護士だよ。しかも、その弁護士と君とは、前からの知り合いではなくて、先月の調査依頼で初めて会った。つまり、君もその弁護士のことをよく知らないし、弁護士のほうだって、君のことを知らんのだ。そんな人間が、どうして、君を罠にはめるのかね？」

谷本が、首をかしげた。

「僕は、罠にはめられたほうですからね。わかりませんよ。彼女にきいてくださいよ」

「きいてみたら、君のことなんか、知らないといっているんだ」

「彼女がウソをついているんですよ。そうだ。それなら、佐伯勇という、佐伯工業の社長にきいてください。それから、佐伯の別れた奥さん。香織という、三十八歳の女性ですがね。彼女にきいてもらってもいい。実際に離婚調停があって、それを井上亜紀子という女性弁護士が担当していて、そして、僕に、調停に有利になるような調査を頼むといってきたんですよ。それで、僕は、三村しのぶを調査した。それがすべてですからね。調べてくれればわかることだから、すぐに調べてくださいよ」

橋本は、必死の表情で、いった。

「いいだろう。君のいう、佐伯工業の社長と、別れた香織さんという奥さんについて調べてやろう。ただし、今度もまた君のデタラメだったら、もう容赦はしない。すぐに君を、起訴してやる」

と、谷本は、いった。

5

三十分後、取調室に入ってきた谷本警部の顔を見て、橋本は、落胆した。前と同じ表情をしていたからである。

谷本が、音を立てて、橋本の前の椅子《いす》に腰を下ろすと、

「どうして、君は、わかりきったような、すぐにバレるようなウソをつくんだ？」

と、舌打ちした。

「どういうことなんですか？」

「確かに、佐伯工業という会社もあるし、社長は、佐伯勇だった。しかし、離婚調停なんか起こしていないといっている」

「じゃあ、離婚した奥さんの香織さんにきいてくれればいい。そのほうが、わかりやすいんじゃないですか？」

橋本が、いうと、谷本警部は、一層険しい表情になって、

「佐伯勇社長の奥さんは、今だって佐伯香織だよ。離婚の話なんて、一度もなかった。夫の佐伯勇もそういっているし、奥さんの香織も、そういっている」

と、いった。

「離婚はしたが、また再婚したんじゃないんですか？　だから、離婚調停のことは、隠そうとしている。すぐにまた一緒になったんだから、みっともないですからね。そうじゃないんですか？」

「離婚話なんて、一度もなかったんだよ。区役所でも調べたが、佐伯夫妻は、離婚な

んてしていない。君が、デタラメをいっただけだ。いくら自分が助かりたいからといって、何も知らない人間を巻き込むような、ウソをつくんじゃない！」

谷本警部は、叱《しか》りつけるように、橋本にいった。

「僕は、ウソなんて、ついていませんよ。離婚調停は、本当にあったんだ。その調停の過程で、私立探偵の僕が、奥さん側に、有利な証拠を探すように頼まれて、夫が付き合っていた三村しのぶという女性のことを、調べ上げて写真に撮り、彼女と、佐伯勇の会話を、録音した。それによって、奥さん側の有利な離婚になり、正規の調査料のほかに、その成功報酬として、僕は五十万円もらった。これは、絶対に間違いないことなんだ」

橋本が、くどくどといった。

「じゃあ、その領収書は、いったい、どこにあるんだ？　それに、君が、本当に調査料と成功報酬をもらったという証拠はあるのか？」

谷本が、続けてきいた。

「証拠ですか？」

「そうだよ。証拠がなければ、容疑者の話なんて、信用できるはずがないだろう？」

谷本が、脅かすように、いった。

橋本は、また自分が窮地に立たされたことを知った。

成功報酬五十万、それは、口約束でしかなかった。調査の報告書もないし、録音テープも、写真のネガも、井上弁護士に渡してしまっている。口約束でも、あの女弁護士は、五十万円の現金を橋本に渡した。しかし、その時に、領収書のやり取りなどなかったし、誰も目撃者はいない。

しかも、もらった五十万円を、すぐに銀行にでも預けていれば、預金通帳には、五十万円の証拠が残る。

しかし、橋本は、五十万円もらうと、正規の調査料とそれを現金のままで持っていて、今度の五能線の旅に使うことにしていたのだ。

となれば、あの井上亜紀子という女性弁護士から、正規の調査料と成功報酬の現金五十万円をもらったという証拠は、どこにもないことになってしまう。

「参ったな」

橋本は、思わず呟《つぶや》いた。

このまま行けば、自分は、殺人容疑で起訴されてしまう。かつては刑事だっただけに、現在の自分が置かれている立場が、はっきりと読めている。

「電話をかけさせてもらっていいですか？」

橋本は、谷本警部に、いった。

「ダメだ」

簡単に、谷本に断られてしまった。

「東京の知人に連絡したいんですが」

「君のはっきりとした自供が取れてからだ」

「僕は、自供なんてしませんよ。僕は、三村しのぶという女性を、殺してなんていませんから」

橋本は、強い口調でいった。

「自供はしないのか？」

「しないというよりも、できませんよ。殺してもいない殺人について、どうやって自供するんですか？」

「それじゃあ、君に、連絡させてやることはできない。連絡したければ、まず、殺人事件について、自供するんだ」

と、谷本が、いった。

丸二十四時間が、経過した。

「いい加減に、自供したらどうだ？　君には、逃げ道がないんだ。証拠は揃《そろ》っている」

谷本警部が、そういって、橋本に、迫った。

「これは、間違いなく誤認逮捕ですよ。すぐに釈放したほうが、いいんじゃありませんか？」

橋本も、負けずに、いい返した。

「このまま行けば、もうしばらく、勾留《こうりゅう》することになるぞ。そして、被疑者否認のまま、君を起訴することになる。そうなると、裁判では君は、不利な立場に立たされることになるぞ」

「僕も、あなたにいいますがね。これは、明瞭《めいりょう》な誤認逮捕ですよ。僕の無実が証明されたら、青森県警は、みっともないことになるんじゃありませんかね？」

「いや、そうはならないよ。捜査本部長も、今のままでも充分に送検できるといっているんだ。だから、君は、否認するだけ損なんだよ。早く自供して、情状酌量ということにしたほうが、得なはずなんだよね」

谷本警部が、いった。

谷本警部がいうように、橋本は、容疑を否認したまま、留置場に勾留され続けていた。そして、依然、外部と連絡を取ることは、許されていなかった。

弁護士を依頼するのは、法律で認められているので、橋本は、迷った挙げ句、谷本警部に頼み、東京の菅沼利也《すがぬまとしや》という弁護士に、連絡を取ってもらうことにした。菅沼は、警視庁の十津川警部の大学時代の友人で、橋本も私立探偵になってから、色々と世話になっている。

6

翌日の午後、東京から、菅沼利也弁護士が会いに来た。

「先生にご迷惑をおかけすることはわかっているんですが、ほかに、助けていただけそうな人がいませんでしたので」

「十津川にも、君から依頼があったことは話してある。それで、私に現在の状況を説明してもらいたいんだ」

「何から話したらいいでしょうか？」

「ともかく、最初からだ。君の知っていることを、全部話してくれないか？」

と、菅沼は、いった。

「四月に入ってすぐ、確か、四月七日でした。井上亜紀子という女性弁護士が、突然、私の事務所を訪ねてきたんです。彼女は、こんな話をしました。今、ある離婚調停を受け持っていて、奥さんのほうの弁護を引き受けている。ダンナは、佐伯勇といって、佐伯工業の社長、奥さんは香織という。ダンナのほうは、奥さんのほうから勝手に、離婚話を持ちかけてきたのだから、慰謝料は一円も払わない、そう主張している。そこで、弁護士の井上亜紀子としては、奥さんに有利となるような証拠が欲しい。そういって、私に、調査依頼の話を持ってきたんです」

「つまり、夫に愛人がいたことがわかれば、多額の慰謝料が、もらえる。その調査を、君に依頼してきたんだな？」

菅沼がきく。

「そうです。佐伯勇には、必ず女がいる。その女を見つけ出して、何とかして証拠写真を撮り、できれば、会話も録音して欲しい。そういわれたんです。四月末になってからやっと、佐伯勇に、三村しのぶという愛人がいることがわかりましてね。苦労した挙げ句に、二人の写真を撮り、二人の会話を、テープに録音したんです。それを、井上亜紀子弁護士に渡しました。感謝されましたよ。その後、離婚がうまく行ったのでといって、さらに成功報酬として、五十万円をもらいました。それで、この件は終わったんですが、僕は正規の調査料と成功報酬の五十万円を持って、一週間の休みを取り、青森に来たんです。前々から、五能線に乗りたかったものですから」

「私も前に、五能線に乗ったことがある。なかなか景色がよくて、素晴らしい路線だよ」

菅沼が、相槌《あいづち》を打った。

「僕は、その沿線にある、不老ふ死温泉に泊まったのですが、彼女も泊まっていたらしいんですね。そして、翌二十七日、『リゾートしらかみ3号』に乗りましてね。ところが、五能線に乗ったら、同じ列車の中に、三村しのぶが乗っていたんです。あとになって、ニュースで、三村しのぶが、五能線の千畳敷という駅の近くにある太宰治の文学碑のそばで、首を絞められて、殺されたことを知ったんです。何しろ、先月に離婚調査で調べたばかりの女性ですからね。何となく気になって、ニュースに注目して、殺人現場に行ってみたりしました。そうしたら、二十八日の夜になって、突然、井上亜紀子弁護士から、僕の携帯に電話がかかってきたんですよ」

「それで、彼女は、何といってきたんですか？」

「もう一度、成功報酬五十万円が欲しくないかといわれましてね。殺人現場には、三村しのぶのダイヤモンドのブローチが落ちているはずだから、それを見つけて、東京まで持ってきて欲しい。そうすれば、前と同じように、成功報酬五十万円を払う。彼女から、そういわれたんです。まあ、見つからなくても元々だと思って、私は、殺人現場に探しに行きましたよ。そうしたら、そこに県警の刑事がいて、僕は捕まってしまった。その上、県警の刑事は、僕の名前の入ったボールペンを持っていて、それを殺人現場で拾ったというんですよ」

「つまり、刑事たちは、君が殺人現場に落としたボールペンを探しに来た。そう解釈したんだね？」

「そうなんですよ。その上、僕が、三村しのぶのことを知っているし、同じ五能線に乗ったり、不老ふ死温泉に泊まったりしていますからね。状況証拠は、真っ黒みたいなものです。おそらく、県警は、こんなふうに、この事件を考えたんだと思いますね。僕は、三十歳で、まだ独身です。だから、女が欲しかった」

「誰が、そんなことをいったんですか？」

「事情聴取をした県警の警部が、そんなことをいっていました。女に飢えていたから、三村しのぶをつけ回して関係を迫り、断られて殺してしまった。県警はそう考えて、僕を勾留しているんですよ」

橋本は、いった。

「君は、罠《わな》にはめられたみたいだな」

「間違いなく、罠にかかってしまった。僕は、そう思っています」

「しかし、君を罠にかけて、どうする気なんだろう？」

「三村しのぶを殺した真犯人がいて、おそらく、そいつが金を出して、僕を罠にはめて三村しのぶ殺しの犯人にでっち上げたんですよ。そう考えるよりほかに考えようがありません」

橋本が、ぶぜんとした顔でいった。

第三章　時刻表

1

菅沼《すがぬま》弁護士は、東京に戻ってくると、すぐその足で十津川に会い、橋本豊のおかれた状況を報告した。

十津川は、黙ってきいていたが、きき終わると、

「つまり、橋本は、罠にはめられた。そう思っているんだね？」

と、いった。

「どう考えても、そうとしか思えないな。ものの見事にやられたと、彼は、思っているね」

「そうなると、橋本を罠にかけたのは、井上亜紀子という女弁護士になってくるんだが、果たして、弁護士が、そんなことをするだろうか？　その井上亜紀子という女性は、実在する弁護士なのか？」

「井上亜紀子という弁護士は、確かに、実在するんだ。ただ、現在、一年間の資格停止になっている」

「何かやったのか？」

「いわば、一種の恐喝だね。弁護士というのも、人の秘密を知り得る立場にいる職業だからね。それを利用すれば、恐喝ぐらいは可能だ。井上弁護士は、自分では否定しているが、恐喝をやった。それで、一年間の資格停止になっている」

「井上亜紀子というのは、若い弁護士か、それとも、中年の弁護士なのか？」

「確か、二十代の若さの筈《はず》だ。若いからつい、簡単に金になる方向に走ったんじゃないか？　そんなふうにいって、彼女に同情する人間もいるんだ」

「その井上という弁護士が、現在、資格停止になっているとすると、その弁護士に頼まれて、橋本が調査をしたというのも、何かおかしいじゃないか？　最初から橋本を罠にかけるつもりで、接触してきたのかも知れないな」

十津川が、いった。

「その可能性は大いにあると、私も思っているよ」

「できれば、君が、その井上という弁護士に、会ってもらえないかな？　彼女が、誰かに頼まれて、橋本を罠にかけた。君が説得して、それを、正直に話してもらえれば、橋本は助かるんじゃないかな？　私が動ければいいんだが、青森県警の事件に、こちらが、口を挟むわけにはいかないからね。何とか、君に頼みたい」

「明日にでも、井上弁護士に会ってみるよ。一応、話してはみるが、説得できるかどうか、自信はないよ」

菅沼は、正直に、そういった。

2

翌日、菅沼は、朝食を済ませた後、弁護士会の名簿を見て、井上亜紀子弁護士の自宅兼事務所の住所を確認した。

住所は、青山一丁目のマンションになっている。

一応、アポを取ろうと、菅沼は電話をかけたが、留守なのか、相手が出ない。しばらく間を置いてから、もう一度電話をかけたが、相変わらず、相手が出る気配はなかった。

それでも、菅沼は、車で、青山一丁目に向かった。

青山一丁目の井上弁護士のマンションに着いた。七階建てのビルである。

着いてみると、マンションの入り口のところには、二台のパトカーが停まっていた。

何か事件でも起きたのかと思いながら、菅沼が車から降り、そのマンションに入ろうとすると、いきなり、後ろからポンと肩を叩《たた》かれた。

振り向くと、そこに、十津川が立っていた。

「君のいっていた井上という弁護士は、このマンションの五〇二号室に住んでいるんじゃないのか？」

と、十津川が、きく。

「弁護士会の名簿ではそうなっているな。君に頼まれた通り、彼女に会いに来たんだ」

菅沼が、いうと、十津川は、

「もうその必要は、なくなったよ。五〇二号室で、部屋の住人の井上亜紀子という女性が死んでいるという一一〇番があった。どうやら、その女性が、君のいっていた井上亜紀子という女性弁護士らしいんだ」

「君が来ているところを見ると、どうやら、ただの病死や自殺じゃないみたいだな。殺しなのか？」

「今のところ断定できないが、殺人の可能性があるので、われわれが来たんだ」

「じゃあ、私の仕事はなくなったな。帰らせてもらうよ」

菅沼は、苦笑しながら、いった。

「悪いな」

十津川は、いい、ほかの刑事たちと一緒に五〇二号室に上がっていった。

2LDKだが、一部屋の面積は広い。若くて、独身の女性が住むには、贅沢《ぜいたく》な広さだといえるだろう。

その広いリビングルームのソファの上で、この部屋の住人、井上亜紀子がうつ伏せになって死んでいた。ナイトガウン姿だから、昨夜遅く死んだと考えられる。

検屍官《けんしかん》が、死体を仰《あお》向《む》けにして調べていたが、十津川に向かって、

「首を絞められているね。窒息死だな。死亡推定時刻は、昨夜の十一時頃じゃないかと思うが、確かなところは、まだわからないね」

テーブルの上には、ワインの瓶が置かれ、ワイングラスが転がっていた。

一人で飲んでいたとは、思われない。彼女の首を絞めて殺した犯人も、ここに、い

たはずである。

西本刑事が、キッチンを調べてみると、やはりそこに、きれいに洗われたワイングラスが一つ、置かれてあった。

ワインの瓶には、まだ半分以上ワインが残っていたし、テーブルに転がっているワイングラスにもワインが少し残っている。一応、それらを持ち帰って、調べることにした。

死体が発見された経緯は、次のようなものだった。

昨夜十時頃、いつも井上弁護士が利用している近くのタクシー会社に、彼女から電話があって、明日の午前九時に迎えに来て欲しい。そういわれていたので、今日、約束の時間の午前九時に、車で、運転手が迎えに来たが、応答がない。

管理人を呼んで、確認してもらったところ、ドアには鍵《かぎ》がかかっておらず、管理人が部屋に入って、リビングルームで倒れている、井上亜紀子の死体を発見したという。

十津川は、今朝、彼女を迎えに来たというタクシー会社の運転手に、

「井上さんがどこへ行くつもりだったか、わかりますか?」

と、きいた。

運転手は首を横に振って、

「わかりません。とにかく、午前九時きっかりに、迎えに来て欲しい。そういわれていただけですから」

と、いった。

「井上さんはいつも、そういう依頼をするんですか？」

「ええ、そうです」

「行き先はどういうところですか？」

「いろいろですね。東京駅ということもあるし、時には、千葉まで行ってくれとか、軽井沢まで行って欲しいとか、そういうこともあります。ですから、今回、どこに行かれるつもりだったのかは、わかりません。いつも、その日、迎えに行ってから、いわれますから」

若い運転手は、いった。

死体は、司法解剖のために、大学病院に送られた。

その後《あと》、十津川たちは、２ＬＤＫの部屋を丹念に調べて回った。

机の裏にあった小型の金庫の中には、一千万円の定期預金と百二十万円ばかりの普通預金の通帳、それに、現金が八万五千円見つかった。

「失業中の弁護士にしては、かなりの大金を持っていますね」

亀井《かめい》が、首をかしげながら、十津川に、いった。

「それだけ、いろいろと収入があったということじゃないのかな？」

十津川が、小さく笑った。

「橋本は、この井上亜紀子という女性弁護士に騙《だま》されたといっているわけでしょう？井上弁護士が殺されたとなると、橋本の言葉は、真実味が増したんじゃありませんか？」

亀井が、いった。

「確かにそうだが、その一方で、井上弁護士が死んでしまったから、橋本の言葉が正しいことを証明するのも難しくなったんじゃないか？」

十津川が、慎重に、いった。

十津川が、部屋の中に、見つけたかったのは、五能線関係の資料や写真だった。

橋本には、五能線の千畳敷という場所で、三村しのぶという女性を殺した容疑がかかっている。その橋本を千畳敷に行かせたのは、ここで殺された井上亜紀子である。だとすれば、彼女のこの部屋に、五能線関係の資料や写真があってもおかしくはない。

そして、離婚裁判の証拠として、橋本が、彼女に渡した、佐伯《さえき》勇と三村しのぶの密会を記録したテープと写真も、当然、この部屋にあるはずである。

十津川は、そう思ったのだが、いくら探しても、そうしたものは何も見つからなかった。なぜ、見つからないのか？

「こういう理由ではないでしょうか」

と、亀井が、いった。

「井上弁護士を殺した犯人が、浮気調査関係の資料を全部持ち去ってしまったのか、彼女自ら処分してしまったのでしょう。あるいは、橋本を罠にかけたのは、井上弁護士ではなくて、その背後にいる誰かではないかということです。その人間が、五能線を使った罠を考え、それを井上弁護士を通じて橋本に実行させた。そういうことが、私には考えられますが」

「その点は、同感だね。カメさんのいうように、井上弁護士の後ろに、別の真犯人がいるとすると、その人間は佐伯という男じゃないかな？　橋本から話をきいてきた菅沼弁護士によると、橋本が、今回の事件に最初に関係したのは、井上弁護士から突然話があった、佐伯工業の社長の佐伯勇と妻の香織の離婚調停だ。それで、ぜひ自分に力を貸してもらいたい。井上弁護士にそういわれて、橋本は、今回の事件に関係を持った。だとすると、井上弁護士のほかに考えられる人間は、佐伯社長、あるいは、彼の妻の香織ということになってくる」

「それではこれから、その佐伯社長か、彼の妻の香織に会いに行きますか？」

そういう亀井に対して、十津川は、少し考えてから、

「私は、それよりも先に、青森に行ってみたいね。青森に行き、橋本に会って話をきいてみたいんだ。菅沼弁護士に話をきいてきてもらったが、こうなると、直接、自分の耳で橋本の話をききたい。今なら、カメさんがいったように、橋本に堂々と会って、話がきけるからね」

「では、佐伯夫妻のほうは、どうしますか？」

「そちらのほうは、西本たちに当たってもらうことにするよ」

3

翌日、十津川と亀井は、新幹線と特急を使って青森に向かった。五所川原警察署に着いたのは、昼近くである。

まず、橋本豊の事件を担当している、青森県警の谷本という警部に会った。若い警部で、それだけに張り切っている様子が、顔の表情からも読みとれた。

十津川たちに向かっても、妙に勢い込んだ調子で、

「容疑者の橋本豊ですが、われわれは、彼が間違いなく、三村しのぶを殺した犯人だと思っています」

と、いう。

十津川は、その言葉には、別に肯定《こうてい》も否定もせずに、

「警視庁としては、東京で起きた事件と、こちらで逮捕された橋本とが深い関係を持っている。そう思ったので、まずご挨拶《あいさつ》に来たわけです。当然、今後は合同捜査ということになってくる。そう思います」

と、丁寧に、いった。

「東京で殺されたという女性弁護士ですが、われわれが逮捕した橋本豊と、どう関係していると考えておられるのですか？」

谷本が、さぐるようにきいた。

「橋本が、こちらで証言したところによると、自分は、井上亜紀子という女性弁護士に騙された。今のところ、われわれの考えている関係というのは、そういうことです」

十津川が、いうと、谷本警部は、眉《まゆ》を寄せて、

「騙されたといっているのは、橋本の勝手な言い分で、われわれは、全く信じていないんですよ。われわれは、橋本と東京で殺された井上弁護士とは、全く関係がなかったと考えています。井上弁護士の名刺をどこかで入手して、彼女の名前を、言い訳に使っているだけです。橋本はこちらで殺された三村しのぶという女性にどこかで会い、好感を持ち、好きになった。たぶん、これは一方的な橋本の感情で、ストーカー的な行動に走ったんだと思います。橋本の事務所からは、三村しのぶの写真が発見されています。三村しのぶが東北の旅行に来て、五能線に乗った。それを橋本が追いかけてきて、関係を迫ったが断られたので、カッとなって殺した。そう考えています。どうも、橋本という男を見ていると、話す言葉に、時々、そうした一方的な思いこみが感じられます。感情が激してくると、それを抑えられない。そうしたところも見られるので、われわれは、橋本豊が三村しのぶを殺したと、そう考えています」

「その考えに対して、別に、われわれは反対はしません。ただ、東京の事件を解決するためには、橋本豊の証言も必要なので、ぜひ、彼に会わせていただきたいのです」

と、十津川は、谷本に、いった。

「それは一向に構いませんが、今もいったように、橋本は、東京の事件とは全く無関係ですよ。それに、橋本は、三村しのぶ殺しの第一の容疑者ですから、ここの取調室で会っていただきます」

「もちろん、そうします」

十津川は、約束した。

4

十津川と亀井は、署内の取調室で、橋本豊に会った。

「まず、君に伝えたいのは、東京で、井上亜紀子という女性弁護士が殺されたということだ」

十津川が、いうと、橋本は、顔を硬直させて、

「やはり、あの女性弁護士には、何かあるんですよ。だから、殺されたんじゃありませんか？」

「われわれも、そう思っている。それにもう一つ、井上亜紀子弁護士だが、現在、一年間の資格停止になっている。恐喝容疑で告訴されていてね」

十津川が、いうと、橋本は、目を大きくして、

「だとすると、彼女が離婚調停の弁護をやっていたというのは、ウソだったわけです

ね？」

「もちろん、ウソだ」

「そうすると、井上弁護士は、私にウソの話を持ってきたことになりますよ。しかも、私に三村しのぶという女性のことを調べさせて、その上、私の調査で調停が有利になったからといって、五十万円の成功報酬までくれたんです。架空の離婚調停話なのに、なぜ、私に調査を依頼し、五十万円もの成功報酬まで払ったんでしょうか？」

「悪く考えれば、すべて、君を罠《わな》にかけるための計画だったと思わざるを得ないね」

「私にとって、今は、有利に事が運んでいるということですか？」

「それは、何ともいえないね。井上弁護士が生きていれば、君のために、ウソをついたとか、罠にかけたとか証言してくれたかも知れないが、彼女は死んでしまったからね。君のために、もう証言できない」

「じゃあ、私は、まずい立場に立ってしまったわけですか？」

「それを、これから私たちが、調べるんだ。君は、突然、井上弁護士の訪問を受けたんだね？　そして、佐伯勇という社長と、その奥さんの離婚調停の件で、仕事を頼まれた。その前に、君は井上弁護士のことは、全く知らなかったのか？」

「ええ、そうです。初めて、あの時に会ったんですよ」

「そして、君は、頼まれるままに三村しのぶのことを調べ、正規の調査料のほかに、五十万円の成功報酬まで、もらったんだね？」

「ええ、そうです」

「井上弁護士は、君が、五能線に乗るのをなぜ知っていたのかね？」

「僕は旅行が好きで、前から五能線に乗りたいと思っていた。だから、調査料と成功報酬の五十万円を、ホテルでもらった時に、彼女に、このお金で、五能線に乗りに行く、ということを話したんです」

「それで、井上弁護士は、君が五能線に乗ることを知った。しかし、いつ五能線に乗るのか、そこまでは、彼女は知らなかったんだろう？」

「もちろん、その時はまだ、切符も買っていませんでしたから」

「それで、君は、切符の手配なんかは、どうしたんだ？」

「何しろ、最近、五能線というのは、人気のルートですからね。それで、私は、銀座の旅行会社に行って、五能線の切符を頼んだんです。できれば、秋田から乗れる『リゾートしらかみ1号』と、不老ふ死温泉に泊まり、違う編成の列車にも乗ってみたかったので、翌日の『リゾートしらかみ3号』の切符が欲しい。そういって、頼んだんですよ。そうしたら、三日後の『しらかみ1号』と、その翌日の『しらかみ3号』の切符があると連絡があったので、そこへ行って、手に入れました」

「そうした君の行動をずっと見張っていれば、君が、何日の五能線の、『リゾートしらかみ』に乗るかどうか、予定がわかる筈《はず》だね」

「そうですね。確かに、私は別に、誰にも旅行に行くことを隠しませんでしたから。五十万円の成功報酬をもらったのが嬉《うれ》しくて、すぐに銀座に行って旅行会社に頼んだし、こちらから『リゾートしらかみ』の切符が欲しいともいいました」

「なるほどね。大体わかってきたよ。君が罠にかけられたとすると、相手は、君が、いつの五能線の『リゾートしらかみ3号』に乗るか知っていたことになる」

「私を罠にかけた人間は、見つかりますか？」

「見つけたいと思っているよ」

十津川が、いうと、橋本は、

「私自身、いろいろと考えましたが、井上弁護士が殺されたとなると、彼女を殺した犯人が、おそらく、私を罠にかけたんですよ」

「君は、その人間に、心当たりがあるのか？」

「たぶん、佐伯勇という佐伯工業の社長ではないか？　そう思っているんです」

「私も、最初は、佐伯社長夫妻のことを考えた。しかし離婚話は、なかったといっているんだろう？　青森県警の谷本警部がそういっていた」

「きっと、佐伯社長は、ウソをついているんですよ」

「いや、ウソはついていないと思う。今もいったように、井上弁護士は、一年間の資格停止になっていたんだ。だから、離婚調停に関係することはできない。となると、佐伯夫妻の離婚調停というのは、最初からなかったということになってくる」

「どうして、井上弁護士は、私に、あんなウソをついたんでしょうか？」

「それも、私たちが調べてみる。とにかく、真相がわかれば、君は釈放される。それを期待していてもらいたい」

十津川は、橋本を励ますように、いった。

5

その日、十津川と亀井は、弘前《ひろさき》市内のホテルに泊まることにした。弘前城近くのホテルである。

チェックインした後、十津川は、東京の西本刑事に電話をかけた。

「君たちには、佐伯工業社長の佐伯勇に会いに行ってもらったが、どんな様子だった？」

「佐伯社長の自宅は、永福町《えいふくちよう》にある、かなり立派な邸宅でした。そこに行って話をきいたんですが、奥さんと一緒に、今もそこに住んでいますね。私たちが、井上弁護士のことをいうと、そんな弁護士は知らないと、即座に否定しましたよ。もちろん、橋本豊という男のことも知らない。そういっています。佐伯社長も妻の香織も、揃《そろ》って否定しているんです」

西本が、いった。

「やっぱり、そんなところだろうね。ところで、佐伯社長のやっている佐伯工業というのは、どんな会社なんだ？」

「佐伯工業は、本社が新宿にあります。工場は三鷹《みたか》にあって、今流行の健康食品を作って、かなり儲《もう》けているという話です。佐伯社長自身も、仕事については自信満々の話し方をしています」

「佐伯夫妻の評判は、どうなんだ？」

「二人を知っている人たちに、いろいろときいてみました。佐伯勇、五十五歳、奥さんは一回り以上若くて、二人の間に子供はありません。一応、夫婦仲はいいということですが、まだ詳しい話をきくところまでは、いっておりません。ただし、離婚の話はなかったと、関係者は口を揃えていっていますから、この話は、本当になかったんだと思います」

西本が、いった。

「佐伯社長の女性関係については、何かわかったか？」

「それもまだです。明日にでも佐伯社長の交友関係を洗ってみようと思っています。会社はうまくいっていますし、それに、まだ五十五歳という若さですから、女性関係が出てくるかも知れません。そう期待しているのですが」

「奥さんのほうも調べてくれよ。一回り以上も若いのなら、奥さんのほうに、男がいるのかも知れないからな」

「その点については、私が調べることになっています」

北条早苗《ほうじょうさなえ》刑事が、西本に代わって、いった。

「もう一つ、千畳敷で殺された二村しのぶのことがある。彼女が、佐伯夫妻と、どんな関係にあったのか。それも調べておいて欲しいんだ」

十津川は、西本たちに、いった。

電話を終え、十津川たちが夕食を取っている最中に、谷本警部から、青森県警が、橋本豊を犯行否認のまま殺人及び死体遺棄容疑で、青森地方検察庁に、まもなく送検する方針だということを知らされた。

「われわれが東京から来たので、青森県警は、送検を早めるつもりなんじゃありませんか？」

食事をしながら、亀井が、いった。

「そういうこともあるかも知れないな」

「ひょっとして、橋本の身柄を拘置所に移して、われわれに会わせないつもりなんじゃありませんか？」

亀井が、怒りを見せて、いう。

十津川は、笑って、

「それはないと思うよ。橋本は、東京の殺人事件の参考人でもあるんだから、彼をわれわれに会わせないわけにはいかない筈だよ」

「それは、そうかも知れませんが」

「それよりも、明日、五能線に乗ってみたいんだ。橋本豊も、五能線の千畳敷で殺されたという三村しのぶも、同じ五能線に乗っている。だから、私も、二人が乗った五能線の『リゾートしらかみ』という列車に乗ってみたいと思っている」

十津川は、亀井に向かって、そういった。

「確か、警部は前に、五能線にお乗りになったことがあったんじゃありませんか？」

「ああ、そうだが、もう十年以上も前の話だよ。その頃は、五能線は、今のように有名じゃなかった。本当の僻地《へきち》の小さな列車だった。それがなぜか、ここに来て、急に有名になってね。誰もが五能線に乗りたがるんだ」

「確か、五能線の唄《うた》も出ているんじゃありませんか？　そんなことを、どこかできいたような気がしますよ」

亀井が、そうした情報を口にして、笑った。

夕食を済ませると、十津川は、ホテルのフロントで時刻表を借り、まず橋本が乗ったという「リゾートしらかみ1号」の時刻、秋田発八時二十八分から、終着青森の十三時三十分までを手帳に書き写していった。

「五能線というのは、東能代《ひがしのしろ》からじゃないんですか？」

覗《のぞ》き込んで、亀井が、いう。

「人気が出たから、秋田発にしたんだろう。それだけ人気を集めているということだよ。そのほかは、まあ普通のリゾート列車という感じがするね」

十津川が、いった。

6

翌日、十津川と亀井の二人は、早めに朝食を取り、予約していたタクシーで、「リゾートしらかみ1号」の始発駅の秋田駅に向かった。

秋田駅に着いたのは八時前だった。

秋田駅にも五能線のポスターが貼《は》ってあるのが、目に入った。

「元々、五能線というのは、五所川原の五と能代の能を取って、五能線となったんでしょう？　それをわざわざ秋田始発にしたのは、大変な優遇ですね」

亀井が、笑いながら、いった。

「だから、『リゾートしらかみ1号』は、最初、奥羽《おうう》本線のレールを使って、秋田から東能代までの間を動かすらしい」

問題のホームに行くと、四両編成の「リゾートしらかみ1号」が、すでにホームに入っていた。白とブルーの車体の洒落《しゃれ》た列車である。

「リゾートしらかみ」は、下りが1号と3号、上りが2号と4号で、これから十津川たちが乗ろうとしている1号は、車体が白とブルーだった。3号のほうは、車体がグリーンに塗られているらしい。人気が高いのか、全車両指定になっていた。

十津川と亀井は、何とか手を回して、切符を手に入れることができたが、橋本が、銀座の旅行会社に頼んで、ようやく三日後の切符を手に入れたというのも、うなずけるような気がした。

二人が乗ったのは、1号車だった。1号車と4号車は普通の座席で、まん中の2号車と3号車はボックス席になっている。だが、普通の座席といっても、かなりゆったりとしていた。

座ってから、十津川は、

「私が昔乗った時は、全部狭い四人がけのボックス席でね。こんなにゆったりとはしていなかったよ」

昔を思い出すように、いった。

「しらかみ1号」は、ゆっくりと秋田駅を出発した。しばらくは奥羽本線のレールの上を走る。

東能代九時十八分、能代九時三十一分着。この二つの駅には、ホームにバスケットボールのゴールが設けられていて、好きな乗客は、シュートをやってみるという。

能代にはバスケットボールで有名な能代工業高校がある。高校総体などで優勝した高校である。そのために、この二つの駅には、ホームにバスケットボールのゴールが作ってある。

東能代で、列車は方向転換して、前後逆になる。ここから奥羽本線と別れることになる。

少しずつ、日本海が見え隠れするようになってくる。能代の次のあきた白神を過ぎると、ますます日本海が列車のほうに接近してくる感じで、白波や岩礁《がんしょう》が目に飛び込んでくる。

十二湖、十時二十一分。

「昔、五能線に乗った時は、この駅で降りたことがある」

十津川が、亀井に、いった。

「この駅には、何があるんですか？」

「近くの山に登っていくと、文字通り、十二の湖があるんだ。その湖が、それぞれ水の色が違っていてね。それは、神秘的な美しさだよ。それともう一つ、日本キャニオンがある」

十津川が、いうと、亀井は、

「日本キャニオンって、いったい何ですか？　アメリカのグランドキャニオンに似ているんですか？」

「似てないこともないよ。しかし、規模が小さいから、期待していくと、失望するね」

十津川が、笑った。

その後で、

「次のウェスパ椿山《つばきやま》で降りることにしよう。橋本の話では、二日目は、そこで降りて不老ふ死温泉に行ったといっていたからね。橋本の話す通りに、五能線に乗ってみたいんだ」

と、十津川は、いった。

十時三十四分、ウェスパ椿山で、二人は列車を降りた。

駅前には、広い駐車場と物産館があり、丘の上では、風車が回っていた。道路が整備されていて、その道路に沿って、温泉やレストラン、あるいは、コテージ、そして、ガラス工房や、なぜか昆虫館などが点在している。

「第三セクターで作られたリゾート施設みたいですね」

亀井が、周囲を見回しながら、いう。

「これも、私が前に来た時には、まったくなかったものだ。少しばかり賑《にぎ》やかになりすぎたな」

十津川は、そんなことを、いった。

十津川と亀井は、そこから車で、不老ふ死温泉に向かった。

「昔は、五能線の艫作《へなし》という駅で降りて、不老ふ死温泉に行ったんだ。しかし、この『リゾートしらかみ1号』は、艫作駅には停まらないから、橋本は、このウェスパ椿山駅で降りたといっていた」

海岸沿いの道路を上がったり、下がったりしながら、二人を乗せたタクシーは、不老ふ死温泉の見えるところまで来た。

眼下の、海岸沿いに大きな温泉の建物が見える。十津川が前に来た時は、文字通り、秘湯と呼ばれるにふさわしい、小さな温泉だった。

それが今は、新しい建物がいくつも並んでいて、タクシーが下に降りていくと、大きな自然木の感じの門があって、それに「不老ふ死温泉」の名前が書かれている。

「とにかく、立派になったね」

十津川が、感心して、いった。

「警部、それって、皮肉なんじゃありませんか？」

亀井が、笑って、

「警部にしてみれば、いつまでも秘湯であっていて欲しかった。そういうことじゃないんですか？」

「確かに、少しは、そういう気持ちもなくはないね。こんなに立派になってしまうと、秘湯らしくないからな」

と、十津川は、いった。

ここも都会からやって来た客であふれていた。元々は、ひなびた湯治場《とうじば》というべき温泉だったのだ。

それが今は、日本で何番目かに有名な温泉になってしまっている。

和室が取れないので、仕方なく、二人はそれぞれ、シングルルームに一泊することにした。

立派になりすぎたことが、十津川には不満ではあったが、夕方になると、水平線に沈んでいく夕陽が見られて、その美しさだけは、彼が、以前にここに来た時と変わらなかった。

離れた海辺には露天風呂《ぶろ》があるのだが、二人はそこには入らず、じっと沈んでいく夕陽を眺めていた。

7

翌日、十津川と亀井は、ウェスパ椿山駅に向かった。

橋本も不老ふ死温泉に泊まった翌日は、ウェスパ椿山駅から「リゾートしらかみ3号」に乗ったといっていたからである。

十五時二十二分。「リゾートしらかみ3号」は、次の駅の深浦に着く。

深浦は、駅も大きかったが、町も、この五能線の中では大きな港町である。漁船が何艘《そう》も停まっていたし、市場も開かれている。

十五時二十五分。十津川と亀井の乗った「リゾートしらかみ3号」が深浦を出発、次の千畳敷駅には十五時四十八分に着いた。

「時刻表によると、千畳敷は十五時五十八分発だから、十分間あるんだ」

十津川が、いった時、車内アナウンスがあった。

「この千畳敷駅には、十分間の停車ですので、列車から降りて千畳敷の景色をお楽しみください。発車の時刻が来ましたら、警笛を鳴らします」

ゾロゾロと、乗客が降りていく。

十津川と亀井の二人も、列車から降りた。

千畳敷は、小さな無人駅である。とにかく小さい。駅舎もない。ただ、ホームに丸太を削って作ったベンチが置かれているだけである。

駅を降りて道路を渡ると、その先が千畳敷と呼ばれる海岸になっていた。

海辺に行くと、大きな太宰治《だざいおさむ》の文学碑が建っていた。そこには、太宰の『津軽』から取った文章が書かれている。その横にあるのは、大町桂月《けいげつ》の碑である。

「このそばで、三村しのぶが死んでいたんですね」

亀井が、いった。

十津川が最初、事件のことを知った時は、駅からかなり離れた場所だろうと思っていたのだが、実際に来てみると、駅のすぐ近くである。

その文学碑の裏は、千畳敷と呼ばれる石畳のような海岸が広がっている。そばに、旅館があるのだが、戸が閉まっていて、誰の姿も見えない。どうやら、夏の間だけ開けるらしい。

それに、千畳敷を見物に来た人たちは、広い千畳敷の上に散らばってしまっているので、ここで誰かが三村しのぶを殺したとしても、気がつかないのではないか。そんな気がした。

少し離れたところには、海の家という感じの店が二軒並んでいて、イカを焼いたり、ラーメンを出したりしていたが、そこからは千畳敷の駅も見えなかったし、大きな岩が邪魔になって、太宰治の文学碑も見えなかった。

突然、駅に停まっている列車が警笛を鳴らした。出発を知らせる警笛だった。

ゾロゾロと、乗客が千畳敷を後にして、列車のほうに歩いていく。

十津川たちは、最後に列車に乗り込んだ。

列車は、すぐに発車した。

8

列車は、十六時四十七分、五所川原に着いた。

橋本は、ここで降りたといっているから、十津川と亀井の二人も、五所川原駅で、列車を降りることにした。

ここから津軽鉄道に乗ると、太宰治の斜陽館や、津軽三味線会館がある金木駅に行くことができる。

橋本が泊まったという駅前のホテルに、十津川と亀井も泊まった。翌朝、金木駅に行ったと橋本がいっているので、十津川たちも、金木に向かうことにした。

二人は、金木で斜陽館を訪ね、そのあと、近くにある会館で、津軽三味線をきいた。

その後、会館の前の食堂に入った。

「橋本の話によると、ここで食事を取っている時に、テレビのアナウンサーが、三村しのぶの死体が千畳敷の太宰治の文学碑のそばで発見されたといっているのをきいているんだ」

十津川が、いうと、亀井が、

「それで、橋本は、その事件に興味を持って、自分で調べてみようという気になったんですね」

「何しろ、橋本は、元々刑事だからな。しかし、そんな行動を取れば、自分が疑われるということに、彼は、気がついていなかったんだ。その時、彼はまだ、井上弁護士が自分に罠《わな》をしかけているとは、夢にも思っていなかったのだから、仕方がないといえばそれまでだが」

十津川が、いった。

橋本は、その事件の現場を調べた後、五所川原に戻ってさらに一泊した。

十津川と亀井も、橋本と同じように、五所川原に行くことにした。

事件を調べるためでもあり、同時に、事件の真相を知るためでもあった。

(事件の真相がわかれば、橋本を助けられるのではないか)

十津川は、そう思っていた。

第四章　再び「リゾートしらかみ３号」

1

佐伯《さえき》香織の運転する車の前に、突然、飛び出してきた女がいた。

あわてて、ブレーキを踏む。

自宅近くなので、スピードを落としていたから、女を轢《ひ》いてしまうことはなかったが、香織が、いくらクラクションを鳴らしても、その女は、車の前からどこうとしない。

年齢は二十五、六歳だろうか？

ジーンズにスニーカーという軽装で、何をしている女性なのか、とっさには、判断がつかなかった。

香織が、もう一度、クラクションを鳴らすと、女は、車の横に回ってきて、運転席の窓ガラスを叩《たた》いた。

香織は、ウィンドーを下げて、

「危ないじゃないの？　いったい、何をする気なの？」

「あなた、佐伯勇さんの奥さんの香織さんでしょう？」

女が、のぞき込むように、香織を見た。

「そうだけど、何の用なの？」

「ずっと、あなたに会いたくて、探していたんだけど、なかなか連絡がとれなくて」

そういって、女は、なぜかニヤリと笑った。

「あなたと、少しばかり話したいことがあるんだけど」

「私のほうは、そんな時間の余裕はないの、そこをどいてくれないかしら」

香織は、相手をにらむようにして、いった。

「あなたには、私と話す義務があるのよ」

と、女がいう。

「どんな義務があるというの？」

「私の友達の私立探偵、橋本豊が、あなたのおかげで、青森で逮捕されてるわ。それだけでも、あなたには、私と話す義務があると思うんだけど」

「何のことをいっているのか、よくわからないわね」

「その顔は、何もかもわかっているという顔じゃないの？　あなたの自宅は、この先でしょう？　そこでゆっくり話をしましょうよ」

「そんな時間はないといったら、あなたは、どうする気？」

と、香織が、きいた。

「さあ、どうしようかしら。あなたの家に、火でもつけてあげようかしら」

女が、笑いながら、いう。しかし、目は笑っていなかった。

「いいわ。話をきいてあげる」

香織は、急に態度を変えた。

車を、自宅の駐車場に入れてから、香織は、その女を、応接室に招じ入れた。

「コーヒーしかなくて、悪いけど」

と、いいながら、香織は、コーヒーを淹《い》れて、相手に勧めてから、

「お話をする前に、まず、あなたの名前からおききしたいわね」

「阿部純子《あべじゅんこ》、二十五歳」

女は、短くいってから、コーヒーを口に運んだ。

「さっき、青森で逮捕された橋本という探偵のことをいっていたけど、あなたも探偵さんなの？」

「ええ、橋本さんとは、探偵仲間です」

「それ以上じゃないの？　例えば、彼の恋人だとか」

香織がきくと、阿部純子は、笑って、

「今は、とにかく探偵仲間」

といい、続けて、

「私は、何もかもわかっているの」

「いったい、何のことをいってるのかしら？」

「あなたが、弁護士の井上亜紀子を使ってやらせたことよ。その上、今度は、彼女の口から真相がもれるのを恐れて、彼女まで殺してしまった」

「まるで、私は恐ろしい悪魔みたいね」

香織が、笑った。

「とにかく、これから私と一緒に警察に行って、全《すべ》てを話して貰《もら》いたいんです。そうすれば、橋本さんは、釈放されるんです」

「橋本さんて、確か、青森で三村しのぶさんを殺した人でしょう。新聞で見て、知ってるけど、私とは、何の関係もありませんよ」

「三村しのぶさんは、知ってる筈《はず》ですよ」

「ええ、もちろん。私の主人の会社と付き合いのあった人ですからね。でも、それだけ」

「ご主人と、いろいろあったから、あなたが殺したんですか？」

「私が？」

　と、香織は、笑った。

「彼女を殺したのは、あなたのお友達の橋本さんなんでしょう？　だから、警察に捕まってるんじゃないの」

「違います。全て、あなたが、井上弁護士を使ってやらせたんです。私には、わかってるんです」

「何のことをいってるのか、よくわからないわね。第一、私が、あなたに会うのも、今日が初めてなんだけど」

　香織は、笑っている。

「私はね、橋本さんから、井上弁護士の件では、いろいろと聞いてるんですよ。だから、橋本さんは、間違いなく無実なんです。あなたや、井上弁護士に罠《わな》をしかけられたの」

「人ぎきの悪いことを、いわないで欲しいわ。日本の警察だって、バカじゃないわ。その警察が、殺人犯として逮捕して、橋本さんは、これから裁判にかけられるのよ。無実なら、きっと裁判で、証明される筈だから、それを待ったらどうなの？」

「いいえ、橋本さんの件は、誰が見ても、明らかに誤認逮捕だわ。それも、あなたや、あなたの仲間に罠にはめられたのに、警察は、それに気がつかずに、橋本さんを逮捕してしまったのよ」

「あなたのいってることが、わからないんだけど、どういうことなのか、説明してくれないかしら？」

「頭を働かせれば、今度の事件で、何があったのか、はっきりとわかるわ。私には、あなたやあなたの仲間が何をやったのか、はっきりとわかっているの」

「何もかも本当にわかっているのなら、それを警察にいったらどうなの？　私のところなんかに来ないで、警察に行けばいいわ」

「警察に話しても無駄だから、こうやって、あなたのところに会いに来ているんじゃないの。今もいったように、私には、あなたたちが何をやったのか、はっきりとわかっている。そのうちに、あなたたちは、自分たちの悪巧《わるだく》みが明らかになって、あなたも、あなたの仲間も、必ず逮捕されてしまうわよ。それを私はいいに来たの。追いつめられる前に、あなたたちは、警察に出頭して、証言しなさい。自分たちが何をしたのか、それをしゃべるだけでいいのよ」

「私には、よくわからないんだけど、あなたが、やたらに、わかっている、わかっているといっているのは、どういうことなのかしら？」

香織は、自分のコーヒーカップを手に持つと、ソファまで歩いて行き、腰を下ろして、目の前の女探偵に、目をやった。

2

「私にわかっていることを、これからお話しするわ」

阿部純子は、ゆっくりと、話を始めた。

「いったい、何がわかっていると、あなたは、いいたいの？」

「だから、いったでしょう。今度の事件のすべてが、わかったの。おそらく、最初から、あなたがたの離婚調停なんて、なかったのね。あなたたちは、一人の私立探偵を罠にはめるつもりで、架空の離婚調停をでっち上げたんだわ」

「何も知らないくせに、よくそんなデタラメがいえるわね。感心するわ」

「これから、もっとくわしく話してあげる。いいから、ききなさい！」

純子は、強い口調でいった。

「ええ、きいてあげるわよ。どんなホラ話が始まるのか、楽しみにきいてあげるわ」

香織は、余裕の笑顔で、いった。

「橋本さんが、いい仕事を請け負った。そういって話してくれたのは、二カ月前だった。何でも、女性弁護士から話があったというんだけど、その女性弁護士さんというのは、あなたのよく知ってる井上さんね。資産家の夫妻の離婚調停を、受け持っている。自分は、奥さんのほうの弁護士なので、夫が浮気をしていることが証明できれば、ガッポリと、慰謝料をもらうことができる。それを、私立探偵のあなたに頼むのだが、夫の浮気相手の女性を、何とか見つけ出して欲しい。その女性が見つかったら、彼女の写真を撮り、夫と二人の会話を録音してきて貰いたい。井上弁護士の持ってきた話というのは、そういう依頼だと、橋本さんは、いっていた。ここで、佐伯工業の社長の佐伯勇さんと、奥さんの香織さんという夫婦が登場する。たぶん、井上さんは、その佐伯工業の顧問弁護士なのね。何があったかは知らないけど、この佐伯工業、あるいは、佐伯夫妻の間に、三村しのぶという厄介な女が現れた。この三村しのぶという女が、どういう女なのかは、私にはわからない。佐伯社長と関係のあった女で、佐伯社長が、この女に強請《ゆす》られていたのかも知れないし、あるいは、何か会社の秘密を握られていて、それをネタに強請られていたのかも知れない。いずれにしろ、あなたがた夫妻、あるいは、佐伯工業にとって、この女性は、厄介者だった。だから、何とか始末しなくてはいけない。佐伯夫妻は、そう思って、顧問弁護士である井上弁護士に、相談したんだと思う。でも、ただ、三村しのぶを殺してしまったのでは、自然に、疑いは佐伯夫妻に向けられてしまう。そこで、どうしたらいいか、井上弁護士が知恵を授けたのか、あなたがた夫妻と三人で考えたのか、それはわからないけど、うまいことを考えた。つまり、三村しのぶを殺して、何も知らない私立探偵の橋本さんを犯人にしてしまおう。そういう計画が立てられたのよ。たぶんその相手は、橋本さんでも、ほかの探偵でも誰でもよかったのよ。とにかく、お金を欲しがっている、個人でやってる探偵なら誰でもよかったんじゃないかと、私は思ってる。まず、井上弁護士が、弁護士という肩書きを利用して、橋本さんに近づいていった。資産家の佐伯夫妻の間で、離婚調停が起きていて、私は、奥さんのほうを弁護する立場にいる。何とか、慰謝料をたくさん取りたいので、あなたに調査を依頼したい。成功報酬は五十万円。つまり、その離婚調停の夫のほう、佐伯勇さんに女がいる。その証拠をつかんでくれれば、慰謝料がたくさん取れるから、何とかして、女性を見つけて、写真を撮って、会話を録音して欲しい。橋本さんにしてみたら、これは簡単な仕事だと、そう思って引き受けたんだわ。探偵の常道として、佐伯勇さんの周辺を洗っていたら、問題の三村しのぶという女が現れた。橋本さんは、彼女の写真を撮り、彼女と佐伯勇さんとの会話を録音して、井上弁護士に渡した。井上弁護士は、それを受け取ると、これで、奥さんのほうが調停で有利になるからといって、後に離婚調停が成立してから、橋本さんに、調査料と五十万円の成功報酬を渡した。橋本さんにしてみたら、簡単な仕事だったし、疑うところは何もなかった。それは当然よね。離婚調停で、片方の弁護士が、私立探偵に、有利な証拠をつかんで欲しい。そういって依頼するのは、よくある話だし、それに、成功報酬までもらってしまったから、もうこれで、自分の頼まれたことは終わったと考えて、橋本さんは五能線に乗りに行ったのよ。たぶん、井上弁護士が、橋本さんが旅行好きで、お金が入れば旅行に行くことを、聞いていたんだ。そして、今度は五能線に乗ることもね。それで、あなたがたは、三村しのぶという女性にも、何らかの理由をつけて、五能線に乗りに行かせたのよ。そうしておいて、あなたがたの誰かが、五能線の千畳敷で、三村しのぶを殺した。それから、井上弁護士は再度、橋本探偵に、電話をかけてきた。もう一度、五十万円の成功報酬をつけるから、仕事をしないかと誘った。橋本さんは、前に簡単に五十万円の成功報酬が入ったから、今度もまた、簡単だろうと思って、これを引き受けた。そして、問題の千畳敷で、佐伯勇さんと三村しのぶとの関係が判《わか》るようなもの、例えばブローチを見つけて欲しいと、そう頼んだ。橋本さんは、千畳敷に出かけていった。ところが、そこには、青森県警の刑事たちが見張っていたわけよ。多分、橋本さんが事務所で使っていた、橋本さんの名前が刻まれた事務所開業記念のボールペンが落ちていたので、青森県警の刑事たちが、橋本さんがそれを拾いに来るのを、待ち構えていたんだわ。そのボールペンだって、あなたがた夫妻の離婚話で調べて欲しいと井上弁護士から頼まれて、橋本さんがその調査で動いている間に、誰かが彼のマンションに忍び込んで、そのボールペンを盗み出したんだわ。そうしておいて、殺人現場の千畳敷に、わざと落としておいた。青森県警のほうは、当然これは、犯人が落とした物だと思うから、橋本豊という男が、それを拾いに来るのを待っていた。そして、橋本さんは、まんまと罠にはまって、逮捕されてしまった。うまく考えたものだと思うわ。でも、これから、あなたが、本当のことを、警察に行って話してくれれば、警察だって、橋本さんを逮捕したのは誤認逮捕だとわかるから、すぐに橋本さんは釈放される。だから、これから、私と一緒に五所川原警察署に行ってもらいたいの。私の話は、これでおわり」

「ちょっと待って欲しいわね」

「また、何か企《たくら》んでいるんじゃないの？」

「そうじゃないわ。あなたは今、これがすべてだというようなことをいったけど、あなた自身、五能線に乗ったことがあるの？」

香織が、きいた。

「乗ったことは一度もないけど、五能線を舞台にして、何があったかは、わかっているつもりだわ」

「それは少し、甘いと思うわね」

「何が甘いの？」

「いい、三村しのぶという女性は、五能線に乗っていて、千畳敷というところで殺されたのよ。橋本さんも、同じ列車に乗っていたから、当然、疑われる。今、あなたは、それには裏があって、橋本さんは、罠にかけられたといったけど、実際に五能線に乗った場合、あなたのいうことが証明できると思っているの？」

香織は、少しばかり、バカにしたような顔で、純子に、いった。

純子の顔が、赤くなった。

「確かに、五能線にはまだ乗っていないけど、乗ってみれば、私の推理が正しいことが、証明される筈だわ」

「じゃあ、今度、一緒に、五能線に乗ってみようじゃないの。三村しのぶや橋本さんが乗った、五能線の列車に、二人で乗ってみましょうよ。私が『リゾートしらかみ』の指定券をとっておくわ。そして、その列車の中で、もう一度あなたの推理をきいてみたいわ。実際に現場に行ってみれば、あなたが間違っていることが、わかると思うわ」

「本当に、一緒に五能線に乗ってくれるんですか？　もし、私の推理が正しいことがわかったら、一緒に、五所川原警察署に行ってくれますか？」

「ええ、もちろん、あなたが正しいとわかれば、五所川原でもどこでも、一緒に行ってあげますよ。でも、五能線に乗った結果、あなたはたぶん、自分が間違っていることに気がつく筈よ」

香織は、自信満々に、いった。

3

三日後、探偵の阿部純子と佐伯香織は、約束した時間に東京駅で落ち合い、秋田新幹線に乗った。

秋田新幹線の車内に腰を下ろしてから、阿部純子が、

「ひょっとすると、あなたが逃げるかも知れないと思っていたんですけど」

と、いった。

「どうして、私が逃げなくちゃいけないの？　何もやましいことは、していないのに」

「私は、あなたがたが、五能線を使って、三村しのぶを殺した、そう思っているのよ。あなたがた夫妻は、資産家だそうだから、まず、自分では手を下さない。だから、大金を払って、井上弁護士に殺させたのかも知れない。そう思っているんです。だから、あなたは来ないかも知れない。そう考えていたんだけど」

「それが、間違っているんですよ。私には、何もやましいところがないから、逃げも隠れもしないわよ」

香織は、笑った。

二人の乗った新幹線は、盛岡から分かれて、秋田に向かう。

その間ずっと、純子は、買ってきた時刻表を見ていた。そんな純子に向かって、香織は、

「そんなものを見て、何かわかるのかしら？」

と、からかうように、いった。

「ここに、問題の五能線の『リゾートしらかみ３号』の時刻表が載っているんです。これを見ると、例の千畳敷に、この列車が到着するのは、十五時四十八分。そして、発車するのが十五時五十八分になっている。十分の間があるわけ。つまり、この列車は、千畳敷には十分間も停車しているわけだから、その間、乗客は列車から降りて、千畳敷を見物できるのよ」

「それが、どうかしたの？」

「あなたがたは、この列車が千畳敷に着くと、三村しのぶと一緒に降りて、千畳敷まで行き、そして殺して、十分後に発車するこの列車に戻った」

「そうね。たぶん、十分もあれば、殺して列車に戻れるわね。でも、そんなことはしなかったけど」

香織が、笑いながら、いう。

それを見て、純子は、

「違うんだ」

と、急に、いった。

「何が違うの？」

「今、私がいったことよ。この列車は、問題の千畳敷に、十分間停車するから、その間に、乗客たちは、列車から降りて、千畳敷を見物に行く。その時、あなたがたも、三村しのぶと一緒に降りて、千畳敷に行って、彼女を殺してから列車に戻った。そう思っていたんだけど、これ、違うわね」

「あなた、何を一人で、ごちゃごちゃいっているの？」

香織が、笑う。

「この列車が十五時四十八分に千畳敷に着いて、十分後の十五時五十八分に出発するまでの間に、あなたがたが、千畳敷で三村しのぶを殺したと思っていたんだけど、違うわ」

「何をいっているの？」

「だって、この列車は、今とても人気のある列車だから、千畳敷に着いて、乗客が列車から降りて、千畳敷の見物に行くとすれば、大勢の乗客が、降りると思うの。そんな中で、密《ひそ》かに三村しのぶを殺せるとは、ちょっと思えない。誰かに見られてしまう恐れが、充分あるからだわ。だから、このやり方で殺したんじゃないわ」

「何か、いいたいことがあれば、今、ここでいったほうがいいわよ。どうせ、間違えているだろうけどね」

香織は、からかい気味に、いった。

純子はまた、しばらくの間、時刻表を見、また、用意してきた五能線周辺の地図に目をやってから、急に、

「わかった！」

と、大きな声を出した。

「おどかさないで。何がわかったの？」

「いいこと、『リゾートしらかみ3号』の時刻表を見ていくと、深浦《ふかうら》という駅があるわ。ここには、十三時四十二分に着いて、同駅を発車するのが、十五時二十五分になっているのよ。その間、一時間四十三分もある。つまり、この列車は、一時間四十三分、この深浦駅でお客を待ってくれるの。その間に、この列車に乗っていた乗客は、列車を降りて、この周辺を充分に見て歩けるわけ。それがつまり、リゾート列車とい

うことなんだと思うけど、あなたがたは、深浦駅で、三村しのぶと一緒に降りたんだわ。乗客は、バラバラに自分の見たいところに散っていった。そうして、発車時刻の十五時二十五分に、また戻ってくればいいんだから。その時、あなたがたは、彼女を連れて千畳敷に行ったんだわ。この時刻表を見るとね、深浦から千畳敷まで、列車で二十三分で着くことになっている。深浦駅での待ち時間は、一時間四十三分もあるんだから、悠々と千畳敷まで行ってこられるわ。だから、あなたがたは、深浦で列車を降りると、一時間四十三分の待ち時間を利用して、この周辺の名所を見て回りましょうよ、おそらく、そんなふうにいって、三村しのぶを誘い、千畳敷まで行って殺してから、何食わぬ顔をして深浦に戻って、もう一度、『リゾートしらかみ3号』に、乗ったんだわ。だから、誰も、あなたがたを犯人とは思わなかった。そうに違いないわ」

「あなたのいう通りかどうか、向こうに行って、調べてみればいいわ」

香織は、相変わらず笑いながら、いった。

「私の推理は、絶対に当たっているわ」

負けずに、純子は、いい返した。

4

二人の乗った秋田新幹線が秋田に着くと、うまく「リゾートしらかみ３号」に接続されていて、二人はすぐ、そちらの列車に乗り込んだ。

二人の乗った三両編成の「リゾートしらかみ３号」は、定刻に発車した。

東能代《ひがしのしろ》からは、五能線の本来の線路に入る。この辺りから、日本海の景色が見えてきて、リゾート列車の見どころである。

私立探偵の阿部純子のほうは、相変わらず、時刻表とにらめっこをしていたが、佐伯香織のほうは、楽しそうに窓の外を眺めたり、時々、純子をからかうように見て、

「この辺は、五能線の中でも、いちばんの見どころなんだから、時刻表ばかりにらんでいないで、もっと、景色を楽しみなさい」

と、声をかけたりしていた。

十三時四十二分、定刻通り、列車が深浦の駅に着くと、今度は、純子のほうが、声を大きくして、

「さあ、降りましょう。これから、殺人事件のおさらいをするんだから」

と、いって、佐伯香織の手を引っ張った。

駅から出ると、

「これから、十五時二十五分のあの列車の発車時刻まで、どの程度歩き回れるのか、それを調べたいの」

と、純子は、いった。

「それなら、車に乗ったほうがいいわ」

香織は、駅前で、客待ちをしていたタクシーの運転手に声をかけた。

いかにも、観光タクシーの運転手という感じの中年の男で、

「お客さんたちは、今着いた『リゾートしらかみ3号』で来たんでしょう？　それなら、発車まで、一時間四十三分も時間があるんだから、どこにでも案内しますよ。どこか行きたいところがあったら、遠慮なくいってください」

と、いった。

「じゃあ、千畳敷に行ってください」

と、純子が、いった。

「千畳敷だけで、いいんですか？」

「まず、そこに行ってみたいの」

純子が、いった。

二人を乗せたタクシーは、海沿いの道を走り出した。アッという間に、千畳敷に着いてしまう。

「十五、六分しかかかっていないわ」

純子が、満足そうに、いった。

海岸沿いに、海に向かって突き出すようにして、畳のような岩が、文字通り、千畳ぐらい広がっている。

タクシーが停まったところには、観光客目当ての土産物店が二軒並んでいて、何人かの観光客が店を覗《のぞ》いていたが、しかし、それにしても、数は多くなかった。

「案外寂しいのね」

純子が、案内した運転手にいうと、運転手は、笑って、

「お二人は、『リゾートしらかみ3号』に乗ってこられたんでしょう？　『リゾートしらかみ3号』はね、千畳敷の駅で、十分間停車するんだけど、ほかの快速列車、『リゾートしらかみ1号』は、この千畳敷の駅には、停まらないんです。だから、今は空《す》いているんだと思いますよ」

千畳敷の入り口のところに店を構えている二軒の土産物店は、海辺の店がたいてい

そうであるように、イカを焼く匂《にお》いをさせたり、貝殻を売っていたり、飲み物を扱ったりしている。

しかし、その近くには、問題の太宰治《だざいおさむ》の文学碑はなくて、その二軒の土産物店から少し歩いたところに、文学碑は立っていた。

近くに旅館があったが、その旅館は、七、八月の夏だけ開けているらしくて、今は閉まっていた。

観光客も、この辺りには、あまりやってこないらしい。どうしても、土産物店のあるほうに、行ってしまうのだろう。

そんな寂しい風景を見回してから、純子は、

「ここは、格好の場所ね。大きな岩が陰になっているし、道路の向こう側に千畳敷の駅があるけど、無人駅だから誰も来ない。ここなら、人を殺すには絶好だわ」

と、いった。

「絶好なのはいいけど、私は、関係ないわよ。第一、私は、三村しのぶと一緒に、五能線でここに来たわけじゃないんだから」

香織は、笑っている。

タクシーの運転手が、二人のところにやってきて、

「まだ時間は、充分ありますよ。ほかの名所旧跡に、行ってみませんか？　例えば、不老ふ死温泉とか、十二湖とか、ウェスパ椿山《つばきやま》なんかごらんになりませんか？」

「全然見ていないの。この人が、とにかく、この千畳敷を見たいといって、急ぐものだから」

　佐伯香織が、文句をいった。

「それじゃあ、これから見に行こうじゃないですか？　まだ一時間以上も時間がありますよ。全部見てから、駅に戻ればいいじゃありませんか？　それだって、ゆっくり間に合うんだから」

　運転手が、いう。

「じゃあ、是非、行きたいわ。あなたが、ここに残っていて、一時間以上後に来る列車を待っていたいんなら、勝手にしなさいな」

　香織が、いった。

「いいわ。付き合いますよ」

　純子も、応じた。

　二人を乗せたタクシーは、また、海辺の道を深浦方面に向かって、戻っていった。

　その途中でタクシーが停まると、不老ふ死温泉の大きな看板が掛かっていた。

「ここが、有名な不老ふ死温泉ですよ」

運転手が、説明する。

「昔は、それこそ、秘湯中の秘湯だったんですけどね。今は、やたらに有名になってしまって、まるで、有名温泉ホテルみたいなものでね。その上、予約がないと、なかなか泊まれないんですよ」

「ほかに、見どころはないの？」

香織が、きいた。

「じゃあ、この五能線で、いちばん新しい場所に案内しますよ」

と、運転手が、いった。

海岸沿いのアップダウンのある道を走る。

前方に、大きな風車が見えてきた。

運転手は、車を徐行させながら、

「この五能線で、昔と今とで、いちばん違うのは、これからご案内するウェスパ椿山ですね。とにかく、新しい建物でしてね。ご覧のように、風車があったり、大きな展望台があったり、レストランも、なかなか立派ですよ。それに、温泉場につきものの、ガラス工芸だってあるんです」

「誰が、運営しているの？」

香織が、きく。

「第三セクターがやっていると、ききましたけどね」

「第三セクターだから、お金に糸目をつけずに、こんな大きな建物を造ってしまったわけね。ヨーロッパ風の建物を建てたり、風車を造ったり、こういうのって、あまり誉《ほ》められたもんじゃないわ」

「そうなんですけどね。やっぱり、政治家さんは、こういうものが造りたいんじゃないんですか？　うまくいって、たくさん観光客が来てくれれば、潰《つぶ》れずに済むんですよ。ご覧のように、物産店もあるし、レストランもあるんですよ。そうだ、ノドが渇きませんか？　ここで、お茶でもどうですか？」

運転手が、さそった。

「探偵さん、どうかしら？　あなたのお望みの千畳敷も見てきたんだから、ここで、コーヒーでも飲みませんか？」

香織が、誘った。

「ええ、いいですよ」

と、純子が、応じた。

タクシーの運転手を入れた三人は、喫茶店に入って、コーヒーとケーキを注文した。

「ちょっと失礼して、トイレに行って来ていいかしら？　私、便秘気味で、ここ二、三日、大変なの」

香織が、笑いながら、いった。

純子は、

「どうぞ」

と短くいって、コーヒーを口に運んだ。

香織は、なかなか帰ってこない。

純子が、

（まさか、逃げたんじゃないと思うけど）

と、思っているところへ、香織が戻ってきた。

「ごめんなさい。おなかがなかなか治らなくて」

ケーキを食べ、コーヒーを飲み終わっていた運転手は、

「車に戻っていますから、済んだら、きてください。あまり時間がありませんから」

と、いった。

急いで、支払いをして、二人は、タクシーに戻った。

「私たちの乗る『リゾートしらかみ３号』は、十五時二十五分発だから、なんとか間に合うわね」

香織が、運転手に、声をかける。

「ええ、間に合いますよ。こういうことには慣れていますから、心配しないでください」

と、運転手が、いった。

「ご主人は、今日は、どうしているんです？」

純子が、香織にきいた。

「いつもの通り、会社に行っていますよ」

「本当は、どうなんです？」

「本当って？」

「ご主人との離婚話は、橋本さんを罠《わな》にはめるための、でっちあげだと思ってますけど」

「私たち夫婦のプライバシーを、探偵さんに、話す気はありませんよ」

香織が、そっけなくいった。

二人を乗せたタクシーは、十五時二十三分に深浦駅に着いた。

「発車時間ぎりぎりだけど、ちょうどいい時間」

香織が、腕時計を見て、いった。

二人が、ホームに入っている列車に戻ると、ほかの乗客も、列車に戻ってきていて、土産物を見せ合ったりしている。

そのうちに突然、2号車のほうで、悲鳴が上がった。

「リゾートしらかみ3号」は、三両編成で、前後の1号車と3号車は、普通の座席になっているが、2号車は、ボックス席になっている。

2号車のボックス席は、海側にだけ造られていて、四人で一つのボックスを占領するような形になっていた。そのいちばん端のボックス席から、悲鳴が上がったのだ。

香織と純子は、悲鳴の起きた2号車のほうに駆けていった。

そのボックス席で、男が、床に仰向《あおむ》けに倒れていた。

その男の顔は、苦しさの表情が、そのまま凍りついたようになっていた。

固く結ばれた唇から、血が流れ出している。嚙《か》みしめた時、唇を切ったのかも知れない。

駅員たちも駆けつけてきて、大騒ぎになった。駅前の派出所から警官もやってきた。

そのボックス席のある車両は立ち入り禁止になり、乗客たちに、列車の中にとどまって動かないようにと、派出所の警官が、いった。

一時間もすると、青森県警の刑事が、鑑識と一緒にやってきた。

青森県警の谷本警部は、千畳敷での事件も担当していた。続けて五能線内で起きた事件ということで、谷本が、今回の事件を受け持つことになったのである。

「どうして、こう、この五能線で、続けて事件が起きるんだ？」

谷本は、明らかに、苛立《いらだ》っていた。

検屍官《けんしかん》が、床に倒れて死んでいる男を調べてから、

「これは中毒死ですね。青酸カリが使われたらしい。そばにコーヒーの缶が転がっていますから、たぶん、そのコーヒーを飲んで死んだのでしょうね」

と、谷本に、いった。

「じゃあ、自殺かな？」

「自殺かも知れませんが、殺人の可能性もありますよ。誰かが、青酸入りのコーヒーを、勧めたのかも知れません」

「まず、身許《みもと》を知りたいね」

谷本が、部下の刑事たちに、いった。

刑事の一人が、男の背広を調べていたが、内ポケットから運転免許証を見つけて、谷本にわたした。

それには、小池康治《こいけやすはる》という名前があり、東京世田谷《せたがや》のマンションが住所になっていた。年齢は三十二歳。

名刺入れには、彼自身のものが、八枚。

〈月刊誌「信用と調査」編集長　小池康治〉

と、その名刺には、あった。

他に、別の名刺が、一枚。その名刺には、東京の住所と、女性の名前があった。

左手の小指には、大きなダイヤの指輪が、はめられている。

「何となく、シロウトの感じじゃありませんね」

刑事の一人が、いった。

「そうだな。わざわざ列車の中で、自殺するとは考えにくいから、殺しかな」

谷本が、死体を見つめて、いった。

5

谷本は、小池康治の死体を、司法解剖のために、列車からおろし、大学病院に送ってから、「リゾートしらかみ3号」の車掌に事情を聞くことにした。

「2号車は、全席ボックス席で、死んだ小池康治さんのいた席も、ボックス席になっている。しかし、本来、四人の席なのに、どうして、あの男は一人でいたのかね？」

谷本は、疑問に思っていることを、車掌にきいた。

「実は、あのボックス席ですが、四人分の指定券を、あのお客さまが一人でお持ちだったんですよ。それで、四人分の席に、一人で座っていらっしゃったというわけなんです。『リゾートしらかみ』は、全席指定ですので」

と、車掌は、いった。

「彼が死んでいることに、いつ気がついたんだ？」

「それは、深浦駅を発車する間際《まぎわ》になってからです。あのお客さまですが、前に見た時には、座席に体をもたせて、目をつぶっていらっしゃったようなんですよ。ですから、てっきり寝ていらっしゃるんだと思っていたんですが、発車間際になって、もう一度のぞいてみたら、コーヒーがこぼれていたので、起こそうと肩に手をかけたところ、床に倒れて、顔を見ると唇から血が流れていたんです。それで、ビックリして、連絡したというわけです」

車掌は、まだ声を震わせている。

その後、谷本は、1号車に、乗客全員を集めて、こういった。

「すでにご承知のように、2号車で、事件が起きました。乗客の一人、小池康治さんという東京からのお客さんですが、この深浦駅で停車中に死んでいるのが、発見されました。死因は、青酸中毒死だと思われます。今のところ、自殺なのか、それとも、他殺なのかはわかりませんが、他殺の線も、充分に考えられますので、この列車に乗っていらっしゃった皆さんに、これから、お話をおききしたい。まず、この中で、亡《な》くなった小池康治さんのことをご存じの方がいらっしゃったら、名乗り出ていただきたいのですが」

谷本警部は、そういって、ゆっくりと乗客の顔を見廻した。

すぐには、手を上げるものがいない。

「では、こちらから名前をいいます。その方がここにいらっしゃったら、前に出て来てください。阿部純子さん。前に来てください。東京の阿部純子さん」

と、谷本が、その名前を繰り返した。

びっくりした顔で、若い女が、手を上げて前に出てくると、

「私が、阿部純子ですけど?」

と、いって、谷本を見た。

「あなたが、私立探偵の？」

「ええ」

「2号車のボックス席で死んでいた、小池康治さんをご存じですよね？」

「いいえ。全く、知りません」

「おかしいな」

「おかしいも何も、全く知らない人ですよ」

「これは、あなたの名刺じゃありませんか？」

谷本は、一枚の名刺を、阿部純子に見せた。

〈私立探偵　阿部純子〉

とあり、事務所と電話番号が刷ってある。

「確かに、私の名刺ですけど？」

純子が、いった。

「この名刺を、死んだ小池康治さんが、持っていたんですよ」

「それでも、知らない人ですか？」

「ええ。ぜんぜん知りません」

「名刺を渡したこともありませんか？」

「ええ。渡した相手は、覚えています」

と、純子はいってから、こちらを見ている佐伯香織を睨《にら》んだ。

香織には、今日、名刺を渡したのだ。純子が、私立探偵で、橋本の友人だということを信じられないというので、名刺を渡したのだ。

「申しわけないが、あなたには、これから、署まで同行して頂きたい」

谷本は、厳しい顔で、純子にいった。

「でも、私は、死んだ男の人を、全く知らないんですよ」

純子は、抗議するように、いった。

「ぜんぜん知らない人が、どうして、あなたの名刺を持っているんですか？」

「そんなこと、私が知るもんですか」

「そんな無責任なことをいうと、ますます、あなたに対する疑惑が、深くなってしまいますがね」

「あの人が、きっと、私の名刺を男に渡したんですよ」

純子はいきなり、佐伯香織を指差した。

「彼女が、ですか？」

「ええ。今日、ここに来る新幹線の中で、名刺をあげたんですよ。それを男に渡したんじゃありませんか」

「ちょっと待ってください」

谷本は、大股《おおまた》で、佐伯香織のところへ歩いて行き、

「彼女が、あなたに名刺を渡したと、いっているんですが、間違いありませんか？」

「いいえ。名刺なんか、貰《もら》っていませんよ」

と、香織は、いった。

「東京から、一緒にいらっしゃったことは、間違いありませんか？」

「ええ。一緒でしたけど」

「では、申しわけありませんが、あなたも、署まで来てください」

と、谷本は、いった。

第五章　脅迫者

1

十津川たちは、青森県警の要請を受けて、五能線を走る「リゾートしらかみ3号」の中で毒殺された疑いのある小池康治《やすはる》のことを東京で調べていた。

小池康治は、ある意味で、なかなか有名な男だった。元々、彼は、興信所を一人でやっていたのだが、そこに調査を依頼する客はほとんどなくて、そのため、小池は、強請《ゆす》りで食べていくことを、決意したのだった。

彼は、その道具として、月刊『信用と調査』という雑誌を出すことにした。

しかし、その雑誌は、五、六ページの、雑誌とはいえないようなものだった。その薄っぺらな『信用と調査』という、雑誌というか、パンフレットが、小池の飯のタネだった。

何か問題のありそうな企業があると、小池は、そこに出かけていき、自分がその経済誌の編集長であることを名乗ってから、

「あなたの会社で今起こっている問題を、次の号で、精一杯書かせてもらいますよ」

そういって、脅すのである。

相手は、薄っぺらな月刊誌を見て、苦笑はするが、しかし、脅されるのは困るということで、いくらかの購読料を払うことになる。

こうした購読料が、小池の収入になっていた。

「こんなケチな強請りで、名前が売れてきたんですが、以前に、傷害事件を起こしたことがあります。自分の脅した相手が、購読料を払おうとしないので、脅しのつもりが、金属バットで相手を殴ってしまい、傷害罪で告訴された。そういう前科です」

西本刑事が、十津川に、報告した。

「なるほどね。それで、小池と佐伯《さえき》夫妻との関係は、どういうことなんだ？」

十津川が、きいた。

「小池は、佐伯勇のやっている佐伯工業、これを脅して、『信用と調査』一年間の購

読料が三十万円、それの二冊分、六十万円を、購読料として受け取っていたのですが、三村しのぶが死んだあたりから、何か佐伯夫妻の弱味をつかんだのか、佐伯夫妻を強請っていたようなんです。小池の事務所では、アルバイトの女性が一人、働いていたのですが、その女性の証言によれば、今後も、あの佐伯工業は金になるから、絶対に食らいついてやる。小池は、そういっていたそうです」

「そうか。小池は、佐伯夫妻に取りついて、これからもずっと、食い物にしてやる。そういっていたのか？　それで、小池は、殺されたのか？」

「そういうことですが、しかし、青森県警は、小池を殺したのは、佐伯勇の妻の、香織ではなくて、阿部純子《あべじゅんこ》という私立探偵だといっているそうじゃありませんか？」

亀井が、いった。

「まだ詳しいことはわからないのだが、青森県警の谷本警部の電話では、今、カメさんがいった通りのことをいっていたよ」

「その、犯人だといわれている阿部純子という私立探偵ですが、橋本豊の友達だときました。それは、本当なのですか？」

これは、日下《くさか》刑事が、きいた。

「ああ、本当らしい。これも、谷本警部の話なんだが、阿部純子は、自分で、橋本の友人だといって、佐伯香織に、三村しのぶを殺したのは、橋本さんではなくて、あなたたち夫婦ではないのか？　それに、井上亜紀子という弁護士の口を封じたのも、あなたたちではないのか？　そういって、近づいたらしいんだ。それで、佐伯香織が、それなら二人で一度、五能線に乗って調べてみようじゃないか？　そう持ちかけたらしい」

「それで、その阿部純子が小池康治殺しの犯人だという証拠は、あるんですか？」

北条早苗《ほうじょうさなえ》刑事が、きいた。

「谷本警部の話通りだとしてだが、簡単に説明しよう」

十津川は、そういって、マーカーを持ってホワイトボードに向かった。

十津川は、まず、ホワイトボードに、

〈リゾートしらかみ3号〉

と、書いた。

「この列車に乗った三村しのぶが、最初の殺人事件の被害者だからね。それで、橋本豊の友人といっている阿部純子は、佐伯香織と一緒に、『リゾートしらかみ3号』に乗ることになった。この列車は、時刻表によると、途中、深浦に十三時四十二分に着く。そして、深浦発が十五時二十五分。その間、一時間四十三分の時間がある。列車の乗客たちは、その間、深浦駅から出て、近くの不老ふ死温泉や十二湖、あるいはウエスパ椿山《つばきやま》といった名所を見て歩いて、また、深浦駅に戻ってきて、一時間四十三分後に発車する『リゾートしらかみ3号』に乗る。それで、阿部純子と佐伯香織の二人も、深浦駅でいったん降りてタクシーに乗り、近くを見て回った。もちろん、問題の千畳敷にもタクシーで行っている。そして、『リゾートしらかみ3号』の発車間際《まぎわ》に、深浦駅に戻ってきた。そうして、列車に乗り込んだところ、2号車で乗客の一人が、青酸カリ中毒によって死んでいるのが、発見されたんだ。この被害者が、君たちに調べてもらった小池康治、三十二歳だ。阿部純子と佐伯香織が乗っていたのは、1号車でね。2号車というのは、三両連結の『リゾートしらかみ』の中では、少しばかり座席の配置が特別で、窓際に寄せたボックス席になっている。四人掛けのボックス席なのだが、殺された小池は、そのボックス席に一人で乗っていた。そして、青酸カリ中毒で死んでいたんだ」

「それだけでは、小池を殺したのが阿部純子だということには、ならないんじゃありませんか？　むしろ、こちらで調べたところでは、小池が強請っていたのは、佐伯工業というか、佐伯夫妻なのですから、佐伯香織のほうに、動機があるんじゃないですか？」

三田村刑事が、きく。

「確かにそうなんだが、青森県警が調べたところによると、阿部純子の名刺を、殺された小池康治が、持っていたというんだよ」

「それだけですか？」

北条刑事が、きく。

「ああ、それだけだ」

「それだけで、阿部純子が小池を殺したと、向こうの警察は、考えているんですか？」

「たまたま、被害者が、阿部純了の名刺を持っていたというそれだけで、彼女を犯人だとするのは、おかしいのではありませんか？」

西本も、異議を口にした。

「そこは、こういう説明なんだ。阿部純子は、小池康治という人間は、まったく知らない。会ったこともないと、そういっていた。ところが、小池のポケットに、阿部純子の名刺が入っていた。つまり、向こうの県警は、阿部純子がウソをついている、そう思っているんだよ」

「佐伯香織のほうは、どうなっているんですか？　こちらで調べたところでは、今もいったように、佐伯夫妻を小池康治が強請っていた。それがはっきりとしたわけですから、青森県警の見解も、変わるんじゃありませんか？」

亀井刑事が、そういった。

十津川は、すぐファックスで、小池康治について調べたことを、青森県警の谷本警部に報告した。

亀井がいうように、これで、阿部純子よりも、一緒にいた佐伯香織のほうが疑われることになるだろう。

十津川は、そう思っていたのだが、一時間ほどして、谷本警部から、捜査本部に、電話がかかった。

「先ほど、小池康治に関するファックスをいただきました。お陰で、捜査が進展するものと思われます。どうもありがとうございました」

谷本が、東北人特有の律儀《りちぎ》さで、礼をいった。

「これで、阿部純子よりも佐伯香織のほうが、容疑が濃くなるんじゃありませんか？殺人の動機が、はっきりしているわけですからね」

「いや、それがですね、そうはいかないんですよ」

谷本警部が、いう。

「それは、どうしてですか？　被害者の小池康治が、たまたま、阿部純子の名刺を持っていたとしても、そんなものは、誰かからもらったのかも知れないじゃありませんか。阿部純子本人が小池に直接渡したのではなくて、阿部純子が誰かに渡した名刺が、巡り巡って、小池の手元に来た。そういうことだって、考えられるのではありませんか？」

十津川が、いうと、

「それがですね」

と、谷本が、いった。

「阿部純子は、名刺を渡した相手を全部覚えている。そういっているんですよ。それから、佐伯香織ですが、確かに、そちらからのファックスで、彼女には、小池康治を殺すだけの明確な動機があったことはわかりました。しかし、佐伯香織が、例の『リゾートしらかみ3号』の車内で、小池康治と会っていたという証拠が、まったく、見つからないのですよ。こちらの捜査では、小池は、深浦駅の発車間際に、青酸カリ入りの缶コーヒーを飲んだと思われるのですが、佐伯香織には、それを渡すだけの時間的な余裕がないのですよ。これは、同行の阿部純子自身もそういっていますし、佐伯香織と阿部純子の二人を乗せたタクシーの運転手も、同じ証言をしているんです」

「しかし、佐伯香織にその時間がないとすれば、一緒に行動していた私立探偵の阿部純子にも、同様に、その時間的な余裕は、なかったということには、なりませんか？」

「確かに、そうなんですが、何といっても、死んだ小池のポケットの中に、阿部純子の名刺が入っていましたからね。その名刺ですが、指紋を調べたところ、阿部純子の指紋と小池康治の指紋しか検出されなかったんです。つまり、阿部純子が、事件のあった日、どこかで、小池に自分の名刺を渡していた。そういうことになってくるんですよ。この推理が成立しますと、その時に、青酸カリの入った缶コーヒーを渡すことができた。そういうことになってきますからね。阿部純子を、第一の容疑者と考えざるを得ないのです」

「阿部純子と小池康治の関係は、どうなっているんですか？　阿部純子は、小池康治という男には、一度も会ったこともない。確か、そういっているときいたのですが、阿部純子には、何か、小池を殺す動機があるんですかね？」

「今のところまだ、はっきりとした動機は見つかっていません。しかし、阿部純子が、小池には一度も会ったことがないといっているのは、明らかにウソですね。名刺を渡しているんだから」

谷本は、あくまでも名刺にこだわった。

「それで、現在、阿部純子はそちらに留置されているんですか？」

「阿部純子と佐伯香織の二人から事情をききましたが、今いったような理由で、われわれは、阿部純子が小池康治を殺した。その疑いを持っているので、彼女を留置して、佐伯香織のほうは帰しました」

谷本が、いった。

その後、谷本は、続けて、

「これからも引き続き、小池康治という男についての調査を、よろしくお願いします。ひょっとすると、小池康治と阿部純子の関係が、何か見つかるかも知れませんから」

2

十津川は、電話を切ると、刑事たちを集めて、

「もう一度、小池康治という男について、徹底的に調べてくれ。私立探偵の阿部純子

という女性についても、同じように調べてみて欲しい。青森県警は、この二人がどこかで繋《つな》がっているんじゃないかと、そう思っているらしいんだ。だから、その繋がりも、できれば見つけて欲しいんだよ」

と、いった。

刑事たちは、小池康治、それと、阿部純子の二人について調べるために、また、き き込みに走った。

西本と日下の二人は、阿部純子のことを調べに、彼女の住んでいる杉並のマンションに出かけていった。

2DKの部屋が、住居兼事務所になっている。

二人は、管理人に立ち会ってもらって、その2DKの部屋を調べ直した。

壁には、「迅速・丁寧・正確」とモットーが書かれてある。二十五歳という若さだけに、彼女は張り切って、私立探偵という仕事をやっているのだろう。

机の引き出しの中からは、何枚かの写真が出てきた。その中には、橋本豊と一緒に写っている写真もあった。どうやら、若手の私立探偵たちが、グループで、どこかの温泉に旅行に出かけた時の写真らしい。

これで、阿部純子が、橋本豊の友人といっていることの裏付けは、取れたことになる。

しかし、肝心の小池康治との関係は、なかなか見つからなかった。

机の引き出しをなお調べていた日下が、何枚かの新聞記事の切り抜きを発見した。

一年前の新聞記事の切り抜きである。

日下は、それを西本に見せた。

そこには、一年前、当時興信所をやっていた小池康治《やすはる》が、恐喝容疑で警察に逮捕され、懲役一年、執行猶予《ゆうよ》二年の判決を受けたと書かれてあった。

西本と日下は、その新聞記事の切り抜きを持って、捜査本部に帰った。

待っていた十津川に、その切り抜きを見せる。

十津川は、何枚かの新聞記事を見ながら、小さく、ため息をついた。

「ちょっとまずいことになってきたな」

十津川がいうと、亀井も肯《うなず》いて、

「そうですね。橋本の友人ということで、何とか、彼女の味方になってやりたいと、私も内心そう思っていたのですが、これで少しばかり、形勢が悪くなりましたね」

さらに、亀井は、その新聞記事を手に取って、

「それにしても、どうして、阿部純子という私立探偵は、この切り抜きを大事そうに

机の引き出しに入れていたんでしょうかね？　ただ単に、けしからんという義憤を感じて、新聞記事を取っておいたのでしょうか？」

「ひょっとすると、誰かの依頼で、小池康治について、調べていたのかも知れないよ」

十津川が、いった。

「それもありますね。誰かが、小池康治に強請《ゆす》られていた。そこで、私立探偵の阿部純子を雇って、小池のことを調べさせた。確かに、その可能性もかなり高いですね」

「そうなると、ますます、阿部純子という私立探偵は、不利になってくるじゃないか？　動機がはっきりとしてくるからな」

十津川が、少しばかり残念そうな顔で、いった。何とかして、橋本を助けたいのだ。だから、彼の友人も助けたい。

小池康治のことを調べに行っていた三田村と北条早苗の二人が、帰ってきた。

「銀行の支店に頼んで、小池康治の預金残高を調べてもらいました」

三田村が、まず報告する。

預金の出し入れが記載されたリストを、十津川に見せた。

「ご覧のように、小池の銀行口座には、時々、まとまった金が振り込まれています。

最近では、佐伯工業から毎月、雑誌の購読料として五万円ずつ、それから、これが面白いのですが、三村しのぶが殺された直後に、二百万円が、佐伯工業から振り込まれています」

「つまり、その時に、小池が、佐伯夫妻を強請ったということか？」

十津川が、いった。

「そうなりますね。このリストを見るとよくわかるのですが、どうやら、強請られていたのは、佐伯工業や佐伯夫妻だけではないようで、ほかにも、まとまった金額が振り込まれています。たぶん、この人たちも、佐伯夫妻と同じように、小池から強請られていたのだと、考えていいと思います」

「小池と阿部純子の関係を示すようなものは、何か見つからなかったか？　どんな小さなことでもいいんだが」

十津川が、二人にきいた。

「かなり念入りに調べたのですが、阿部純子という名前は、見つかりませんでした」

早苗が、答える。

「しかし、阿部純子の事務所を調べた西本たちは、彼女の机の引き出しから、新聞の切り抜きを見つけ出している。一年前、小池康治が傷害事件を起こした時の新聞の切り抜きだよ」

と、十津川が、いった。

それを受けて、早苗が、

「それはおそらく、小池の預金通帳のリストが示すように、何人もの人間を強請っていましたから、その中の一人が、強請りに耐えかねて、私立探偵の阿部純子に頼んで、小池康治のことを調べさせたのではないでしょうか？」

十津川は、うなずいて、

「西本たちも、同じことを考えているらしいよ。ただ、そうなると、阿部純子には、殺人の動機があったということになってくるんだ。私には、それが引っ掛かるし、何とも悔しいんだよ」

十津川は、正直に、いった。

せっかく、橋本豊の友人という女性が出てきたのに、彼女までが、殺人容疑で逮捕されてしまっては、どうしようもない。

「橋本は、どんな状況に置かれているんですか？」

日下刑事が、心配して、十津川に、きいた。

「青森県警のほうは、今のままでいくと、彼は、殺人を否認したまま、起訴されることになるらしい」

十津川が、いった。

「しかし、橋本自身は、引っかけられた。罠《わな》にはめられた。そう思っているんじゃありませんか？」

「確かに、橋本は、全面的に否認しているが、橋本の名前の入ったボールペンも殺害現場で発見されているし、三村しのぶの写真も事務所にあった。その上、同じ『リゾートしらかみ3号』に、乗っていたからね。状況証拠は、どう見ても、橋本に不利なんだ」

十津川は、そのことが、残念なのだ。

「井上亜紀子弁護士の件は、どうなんでしょうか？ 彼女が殺された時、橋本は、すでに、青森県警に逮捕されていたわけですから、少なくとも、この殺人事件については、橋本は、はっきりシロとわかっていますよね」

西本刑事が、いった。

「その通りだ。もし、三村しのぶ殺し、井上亜紀子殺し、そして、今度の小池康治殺しの、三つの殺人事件が、同一犯の犯行であることが証明できれば、自動的に、橋本はシロになってくる。私としては、是非そうなって欲しいのだが、今のところ、そうは断定できないからね」

「今、西本刑事がいったように、弁護士の井上亜紀子殺しは、橋本とはまったく関係がない。それがわかっていますから、この事件について、詳しく調べてみてはどうでしょうか？　うまく行けば、この井上亜紀子殺しの事件を調べることによって、三村しのぶの件で、橋本豊のシロが証明できるかも知れませんよ」

そういったのは、亀井刑事だった。

「そうだな。井上弁護士殺しについて、もう少し詳しく調べてみることにするか」

十津川が、肯いた。

「井上弁護士は、橋本を罠にかけた張本人でしょう？　その弁護士が、なぜ殺されたんですかね？　動機は、いったい何でしょうか？」

亀井刑事が、きく。

「それを調べに、井上亜紀子のマンションに二人で行ってみようじゃないか？」

十津川が、亀井を誘った。

3

二人は、青山一丁目のマンションに向かった。

殺された時、井上亜紀子は問題を起こして、弁護士資格を、停止されていたはずだった。

そのマンションの一室を、井上亜紀子は事務所兼住居にしていたのだが、十津川と亀井が、その部屋を訪ねてみると、ドアが開いていて、中に、五十五、六歳の男がいて、部屋の整理をしていた。

十津川が、警察手帳を見せ、

「失礼ですが、井上亜紀子さんとは、どんな関係の方ですか？」

と、きいた。

男は、胸の弁護士の徽章《きしよう》をチラッと見せるようにしてから、

「私は、中井といいまして、現在、四谷《よつや》で法律事務所をやっています。井上亜紀子君は、以前、私のところで働いていたことがあるんですよ。その時に、ちょっと問題を起こしてしまいましてね。申し訳ないといって、彼女はウチの事務所を辞めて、自分でこのマンションを借りた。そういうことがあるんです」

「それで、今日は、何のご用があって、いらっしゃったんですか？」

十津川は、丁寧に、きいた。

中井という弁護士は、

「彼女が、改めて勉強したいというので、判例集とか、参考資料のようなものを、貸していましてね。こんなことになってしまったので、それをまた、四谷の事務所に持っていこう。そう思って来たんです」

と、いった。

「今、先生は、井上亜紀子さんが先生の法律事務所に在籍していた時、ちょっとした問題を起こしたとおっしゃいましたが、それは、具体的に、どんな問題だったんですか？」

十津川が、きいた。

「彼女は、当時、新進気鋭の弁護士でしてね。若さにまかせて、自分が弁護をする被告人に、恐喝まがいのことをしてしまったんですよ。まあ、依頼人のほうも、少しばかり、おかしなところのある人だったので、彼女にも、同情すべき点もあったんですが、結果的には、井上君の弁護士資格は停止されてしまった。詳しいことは、彼女が亡《な》くなってしまったので、申し上げにくくて。これで、勘弁してくれませんか？」

「それで、あなたの法律事務所から、このマンションに引っ越してきた。その後のことは、よく、ご存じですか？」

十津川が、きいた。

「いや、ほとんどきいていません。何しろ、弁護士資格を一時的に停止されていましたからね。仕事ができないんじゃないか？ そう思って、心配はしていたんですよ。しかし、まさか彼女が殺されるとは、思ってもいませんでした」

「あなたの事務所で働いていた頃の井上亜紀子さんというのは、どんな弁護士だったんですか？」

十津川が、きく。

「今もいったように、若手の女性弁護士として、張り切って、仕事をこなしていましたよ。頭もいいし、将来有望だと思っていたんですけどね。何とも残念です」

「私の勝手な想像なんですが、若手の弁護士というと、正義感のかたまりという感じがするんです。彼女にも、そういうところがあったわけですか？」

「そうですね。確かに、彼女にもそういう一面があったかも知れませんね。依頼人ともめてしまったのも、それが原因だったと、私は思っていますよ」

中井は、いった。

もし、それが本当なら、弁護士資格を停止されて、悪の道にはしってしまったのか？

「ところで、先生は、佐伯工業という会社を、ご存じですか？」

十津川が、話題を変えて、相手にきいた。

「名前だけは知っていますが、それが何か？」

「亡くなった井上亜紀子さんは、この佐伯工業という会社と、付き合いがあったようなんですよ」

「付き合いというのは、どういうことですか？　弁護士としての付き合いということですか？」

今度は、中井のほうが、きいた。

「井上亜紀子さんは、弁護士として、いろいろと相談に乗っていたフシがあるんですよ」

十津川は、そんないい方をした。

「しかし、弁護士資格を停止されていたわけですからね。どんな相談に乗っていたんでしょうか？」

中井が、不思議そうに、いった。

「それがですね」

と、いってから、十津川は、どう説明したらいいのか、一瞬戸惑い、少し考えた後

で、

「この佐伯工業の社長の佐伯さんなんですが、ちょっと問題を抱えていましてね。そのことで、井上亜紀子さんに相談をしていたようなんですよ」

と、いった。

中井は、ちょっと考えて、

「それが原因で、彼女、殺されたんじゃないでしょうね？　警察は、どう見ているんですか？」

と、逆に、きいた。

「われわれは、この事件を捜査しているわけですが、今いった、佐伯工業の社長さんと付き合いのあった女性が、青森で殺されたんです」

「青森でですか？」

「そうです。井上亜紀子さんは、佐伯夫妻の相談に乗っていたので、この殺人事件をどう思っているか？　それをきこうと思っていた矢先に、今度は、井上亜紀子さんが、殺されてしまったんです」

「この事件は、少しばかり、複雑なようですね」

中井が、眉《まゆ》をひそめて、いった。

「そうなんです。井上亜紀子さんが、どうして殺されたのか？　その動機がわからなくて、われわれは困っています。おそらく、彼女が何かを知っていて、口封じのために、殺されたのではないか？　一応、そう推理をしているんですが、これも、具体的にはわかっていないのです」

十津川は、そういってから、

「もし、何かわかったら、私のほうに連絡をしていただけませんか？　弁護士さんとわれわれ警察とは、いつも、仇《かたき》同士みたいにいわれますが、私の方は、井上亜紀子さんを殺した犯人を、ぜひ捕まえたいと思っていますので」

と、十津川は、いった。

「動機は、口封じですか？」

といってから、中井弁護士は、また変な顔をした。

「しかし、彼女は、一時的に弁護士資格を停止されていましたからね。何の肩書きもなかったわけですよ。そんな人間が、口封じをされなければならないような重大な秘密を握っていたのでしょうか？　そこのところが、私には、どうにも解《げ》せませんでね」

「もう一つだけ、おききしてもよろしいですか？」

十津川が、いうと、

「構いませんよ。何でも、きいてください」

「井上弁護士ですが、先生の事務所からこちらに移ってきて、お金に困っていたというようなことは、なかったでしょうか？　何しろ、弁護士資格を停止されていて、仕事ができないわけだから、お金に困っていたということも、充分に考えられるのですが」

「そうですね。弁護士資格がなかったのですから、仕事ができなくて困っていたということは充分考えられますが、彼女の実家は、わりと裕福なんですよ。ですから、お金に困っていたとしても、両親に話して、融通してもらっていたんじゃないか？　私は、そう思いますけどね。それとも何か、警部さんのほうで調べていて、彼女がお金に困っていたような、そんな形跡でもあったんですか？」

「いや、別にそういうわけではありませんが、いろいろな角度から、この事件を見てみたいと思っていますので」

十津川は、遠慮がちにいった。

4

中井弁護士は、探していた参考資料や書類を見つけ出すと、それを抱えるようにして帰っていった。

十津川と亀井は、中井を見送った後も、井上亜紀子の部屋に残って、捜査を続けた。

十津川が見つけたかったのは、井上亜紀子の別の預金通帳だった。

彼女は、橋本豊を罠にかけるために、最初に、調査料と、成功報酬として五十万円を払っている。その金は、いったいどこから出たものなのか？　まず、それを知りたかったのだ。

二人が調べていくと、家宅捜索では見逃したのか、机の引き出しの裏側に、テープで留めた預金通帳が見つかった。

その預金通帳を調べてみた。

井上亜紀子が、四谷の法律事務所から、このマンションに引っ越してきた後、作ったと思われる預金通帳だった。

調べていくと、毎月三十万ずつ、きちんと振り込みがあったことがわかった。おそらく、これは、佐伯工業から振り込まれていたのだろう。

そして、三村しのぶが殺された直後に、百万円が振り込まれているのがわかった。

しかし、考えてみると、井上亜紀子は、その直後に殺されている。

「金を払って、油断をさせておいてから殺した。そういうことですかね？」

亀井が、預金通帳のページをめくりながら、いった。

「そうかも知れないが、百万円では不足だといい、もっとよこせと井上亜紀子が要求し、それで相手は、口封じのために、彼女を殺したのかも知れないな」

と、十津川が、いった。

「井上亜紀子が、橋本に払った調査料と五十万円の成功報酬、それは、この通帳には見当たりませんね」

と、亀井が、いった。

「それはたぶん、通帳に残しておいてはまずいので、佐伯が直々、現金で井上亜紀子に渡したんじゃないのか。つまり、その時からずっと一貫して、橋本を罠《わな》にかけるつもりだったんだ」

十津川は、強い口調でいって、預金通帳の金額を睨《にら》んだ。

「つまり、かなり前から、橋本を罠にかけることを考えて、計画していたということですね？」

　亀井も、いった。

「もちろん、佐伯夫妻と示し合わせてのことだと思うが、その計画は、今のところは、まんまと成功しているんだ。だからこそ、三村しのぶが殺された直後に、佐伯工業のほうから、百万円が、井上亜紀子の口座に振り込まれたんだろう。それなのに、振り込んでおいて、その直後に殺してしまった。殺したのは、やはり、佐伯夫妻かな？」

　十津川が、考えながら、いった。

「ほかの人間は、思い当たらないんじゃありませんか？　三村しのぶを殺す動機を持った人間がですよ」

「そうなると、三村しのぶという女は、佐伯夫妻を強請《ゆす》っていた。そう考えたほうがいいかも知れないな」

「佐伯夫妻は、三村しのぶに、何か弱味を握られ強請られていた。そこで、二人は協力して、橋本を罠にかけ、三村しのぶを殺したんじゃないでしょうかね？」

「確か、三村しのぶは、東南アジアの民芸品の輸入や販売をしている会社の女性社長で、年商五億円ぐらいはあるということだったな？」

　十津川が、確かめるように、いった。

「ええ、そうきいています」

「しかしだな、年商が五億円もあるような、そんな商売をしている会社の女社長が、果たして、ほかの人間を強請ったりするだろうか？」

十津川には、急に、それが疑問に思えてきた。

「そうですね。確かに、おかしいといえばおかしいです。井上弁護士は、橋本に対して、佐伯夫妻の間に、離婚話が持ち上がっている。そして、夫の佐伯に三村しのぶという女がいて、それで妻の香織が、離婚調停を起こしたと、そういっていたんですね？　そういう話のほうが、辻褄《つじつま》が合っているかも知れませんね」

亀井が、いった。

「確かに、そうなんだよ。辻褄が合っているからこそ、橋本も騙《だま》された。もう一つの筋書きのほう、つまり、三村しのぶが、佐伯勇を強請っていた。それで、強請られていた夫妻が、井上弁護士と示し合わせて、彼女を殺した。しかし、そういうストーリーは、何となく不自然なんだよ。何しろ、三村しのぶは、年商五億円もの売り上げを上げている会社の社長なんだからね」

十津川は、そういって、首をひねった。

「ひょっとすると」

「ひょっとすると、何だい？」

「ひょっとするとですね、何かの真相が明らかになってしまうのを恐れて、井上亜紀子の口が封じられた。そんなことも、考えられますね」

と、亀井が、いった。

「なるほどね。真相か。しかし、どんな真相があるんだろう？　佐伯工業という会社をやっている夫婦がいた。そこに、三村しのぶという女性がからんできた。何とか、その女性を排除しようとして、芝居を打った。これが真相なんじゃないのかね？」

十津川は、考えながら、いった。

「もう一度、三村しのぶという女性のことを調べてみるか？」

十津川が、急に、いった。

「そうですね。確かに、調べてみる価値があるかも知れません」

亀井が、すぐ、応じた。

5

三村しのぶの住所は、渋谷区宇田川町《うだがわちょう》にあるグランコート宇田川八〇二号室だった。

十津川は、井上亜紀子の預金通帳を預かり、その足で、宇田川町に向かった。

渋谷区宇田川町には、豪邸も多く、二人が向かったのも、新築の豪華マンションといってよかった。

二人は、管理人に頼んで、八〇二号室のドアを開けてもらって、中に入った。

十津川は、ドアを開けてくれた管理人に向かって、

「この部屋なんだけどね、この前の捜索以来、誰かが訪ねてきて、開けてもらいたいと君にいったことはなかったかね？」

「私の知る限りでは、そういう方はいらっしゃいません」

と、管理人が、いう。

「この二人も、来なかったかな？」

十津川は、そういって、佐伯夫妻の写真を見せた。

管理人は、あっさりと、

「いいえ、見たことがありません」

と、いった。

それをきいてから、十津川と亀井は、部屋に入った。

その部屋は、調度品も豪華で、いかにも女社長の住居という感じだった。

二人は、管理人に立ち会ってもらって、部屋の隅から隅まで、丹念に調べていった。

クローゼットには、ブランド物のドレスが、何着も掛かっていた。

三面鏡の引き出しを開けると、宝石箱があり、かなり大きめのダイヤやルビーの指輪などが入っていた。

宝石箱の中には、M銀行渋谷支店の通帳もあった。通帳は三通あり、それぞれの額面は、三千万円、五千万円、そして一億円の定期預金だった。

亀井は、それを口に出して、いった。

「一億八千万円でしたよね？」

「そうだよ、合計して、一億八千万円もの定期預金だ。ほかにも、宝石を持っているし、この豪華マンションも買ってあって、それに、真っ赤なベンツにも乗っていた。どう考えてみても、三村しのぶは、成功者の部類に入る女性社長だよ」

「そうなってくると、ますます、三村しのぶが佐伯社長を強請っていて、そのために殺されたというストーリーが、リアリティを失ってきますね」

亀井が、真剣な顔でいい、続けて、

「ひょっとすると、真相は、逆かも知れませんね」

「逆？」

「今まで、三村しのぶが、佐伯工業の社長を強請っていた。そう考えてきましたが、これが逆で、佐伯工業のほうが、資金繰りか何かに困っていて、三村しのぶから金を借りていた、それを催促されたので、殺してしまった。真相は、そういうことかも知れませんよ」

「なるほど。そういう意味の逆か。もし、カメさんのいうことが当たっているのなら、この前は見つけられなかったが、どこかに、借用書のようなものがあるはずだな。探してみよう」

しかし、いくら探しても、それらしきものは、見つからなかった。

だが、もちろん、見つからないからといって、佐伯工業が、三村しのぶから借金をしていなかったとは、断定できなかった。三村しのぶを殺した直後に、犯人が、このマンションに忍び込んで借用書を盗み出したかも知れなかったからである。

そこで、十津川は、定期預金の口座があるM銀行の渋谷支店に行ってみることにした。

十津川は、支店長に、会った。

警察手帳を見せると、支店長は、二人を支店長室に案内した。

「一つ、支店長さんにおききしたいことがあるんですよ」

と、十津川が、切り出した。

「どんなことでしょうか？」

少し不安げな表情で、支店長が、きく。

「最近のことですが、三村しのぶさんが、小切手を作ってくれと、あなたに頼みませんでしたか？」

と、十津川は、きいた。

（もし、三村しのぶのほうが、佐伯工業の社長に大金を貸していたとすると、それは小切手の形で渡したかも知れない）

そう思ったからである。

「よくおわかりですね」

支店長は、驚いたように、十津川を見た。

「三村さんは、やはり、小切手を作っていたんですか？　それは、額面、いくらの小切手でしたか？」

「一億二千万円です」

「作ったのは、いつ頃ですか？」

「今から、ちょうど一年前ぐらいだったと思いますね。正確な日にちが必要なら、今調べてみます」

支店長は、そういって、原簿にあたってくれた。

「正確にいいますと、今から、一年と一ヵ月前ですね。間違いなく、三村しのぶさまがこちらに来られて、一億二千万円の小切手をお作りしました」

「三村しのぶさんは、その小切手で何を買うとか、その使い道を支店長さんに話していましたか？」

亀井が、横から、きいた。

「いいえ、教えてはいただけませんでした。それに、こちらからおききするのも、失礼ですしね。しかし、あの小切手をお作りした後、三村さまが土地を買ったとか、あるいは、マンションを新しく買ったとか、そういう話はきいていませんから、土地やマンションを買ったということはないと思いますね」

「宝石を買ったということは、ありませんか？」

十津川が、きいた。

「それも、ないと思いますよ。以前に一度、三村さまと話をしたことがあるんですが、大体の宝石は全部揃《そろ》ったから、もう興味はない。そんなふうにおっしゃっておられました」

「その後、その一億二千万円の小切手について、三村さんから、何かおききになりましたか？」

十津川が、しつこく、きいた。

「いいえ、三村さまが話されたことはありません。ただ、一年前に、その小切手をお作りした時ですが、三村さまは、こんなことをいっていたんですよ。一年したら、またこちらの定期にしますから、安心してくださいね。そういって、笑っていらっしゃったんですよ。ウチがやたらに、定期にしてくれ、定期にしてくれと、そういうものですから、私たちを安心させようとして、あんなことをおっしゃったんじゃないかと、そう思っているんですけどね」

支店長は、微笑した。

今の支店長の話は、十津川には、面白くきこえた。

三村しのぶは、一年前、一億二千万円の小切手を作った。たぶん、それを誰かに渡したのだろう。事業資金を用立てたということかも知れない。

その時、彼女とその相手とは、一年経《た》てば全額を返済する。おそらく、そういう約束になっていたのだろう。

だからこそ、支店長に向かって、一年経ったらまた定期に戻すので安心しろと、いったのではないのだろうか？

「念を押しますが、その一億二千万円の小切手を作ってから一年経った時、三村しのぶさんは、その一億二千万円を定期預金にしましたか？」

十津川が、きくと、支店長は、苦笑して、

「実は、私どもも密《ひそ》かに期待をしていたのですがね、残念ながら、そういうことにはなりませんでした」

と、いった。

二人は、それだけの収穫を得て、M銀行渋谷支店をあとにした。

「三村しのぶが、一億二千万円の小切手を渡した相手は、やはり、佐伯工業の佐伯社長ですかね？」

歩きながら、亀井が、きく。

「三村しのぶの周りを調べても、おそらく、ほかにはいないんじゃないかな」

「一年前に、たぶん、一年間の約束で、一億二千万円の小切手を渡したのでしょう。ところが、約束の一年が経っても返してくれない。そこで、彼女が、返済を強く求めたのかも知れませんね。それで、殺されてしまった。確かに、三村しのぶが佐伯夫妻を強請っていたというストーリーよりも、このほうが、合点がいきますね」

「佐伯勇は、三村しのぶと関係があったわけではなく、金を借りたんだ。橋本が、録音したテープと写真の女は、三村しのぶとよく似た女を佐伯が雇い、演技をさせてみたんじゃないかな」

「それが、一番考えられる線ですね」

「もう一度、青森に行ってみる必要があるね」

十津川は、歩きながら、隣の亀井刑事に、いった。

「そうですね。何とかして、橋本を助けたいですよ」

「それに、向こうで、橋本の友達だという阿部純子という私立探偵にも、是非、会ってみたいね」

十津川が、いった。

「では、明日もう一度秋田に行って、五能線に乗ってみませんか？」

亀井が、提案した。

翌日、十津川は、西本たちに、佐伯工業の経営状態を、徹底的に調べておくように頼んでから、亀井と二人、東京駅から秋田新幹線で、秋田に向かった。

第六章　蜃気楼《しんきろう》ダイヤ

1

東京を遅く出たので、秋田に着いたのは十二時〇一分だった。

問題の列車「リゾートしらかみ3号」は、すでに出てしまっていた。

この列車には、明日乗ることにして、十津川は、まず、五所川原に急ぐことに決めた。

五所川原警察署に、現在留置されている橋本豊と会うためである。

「とにかく、五所川原に急ごう」

ホームを歩きながら、十津川は、亀井に、いった。

二人は、奥羽《おうう》本線で、弘前《ひろさき》まで行くことにした。秋田駅構内で食事を済ませてから、十二時四十三分、秋田発の「特急かもしか3号」に乗った。

弘前着は、十四時四十五分。そこで乗り換えて、五所川原に向かう。

五所川原に着くと、すぐ警察署に向かった。そこで、青森県警の谷本警部に会った。

「こちらに、橋本豊が留置されているときいたのですが、何とか会わせてもらえませんか？」

十津川が頼むと、谷本は、少し考えていたが、それでも、

「まあ、いいでしょう」

と、いってくれた。

その後で、

「県警では、三村しのぶ殺しは、間違いなく、橋本豊の犯行だと断定しているんですが、彼は、未《いま》だに否認していましてね。このままで行けば、否認のまま起訴することになるのではないかと、思っています」

と、付け加えた。

「もう一人、私立探偵の阿部純子《あべじゅんこ》は、どうしていますか？」

十津川が、きいた。

「彼女に関しては、今のところ、容疑はかなり濃いのですが、逮捕するまでには至りませんので、この近くの旅館に泊まらせています。とにかく、事件のシロクロがはっきりするまで、この五所川原市内の外に出るなとはいってあるのですが」

谷本が、答えた。

十津川と亀井は、取調室で橋本豊に会った。橋本は、さすがに疲れた表情をしていた。連日繰り返される、尋問のためだろう。

それでも、橋本は、十津川と亀井の顔を見ると、

「この通り、元気ですよ」

と、いって、笑って見せた。

「君の友人の阿部純子が、この五所川原に来ているのは、知っているね？」

「ええ、知っています。尋問中に、県警の刑事にききましたよ。何でも、彼女にも、殺人の容疑が、かかっているそうじゃありませんか？」

「その通りだが、彼女は、逮捕されていない。この五所川原市内の旅館に泊まっていて、当分の間、この町から出るなといわれているらしい」

「確か、彼女には、『リゾートしらかみ3号』の中で、小池康治《やすはる》という男を殺した容

疑がかかっているそうですね。小池というのは、私は会ったことはないんですが、なんでも、元興信所の人間で、恐喝か何かの前科のある男じゃないですか？」

「その通りだよ。青森県警の要請で、私たちは、小池のことをいろいろと調べたんだ。確かに、今、君がいうように、恐喝の前科があるんだが、最近になって、佐伯《さえき》夫妻を強請《ゆす》っていたと思われるフシがある。どうやら、三村しのぶが死んだことに絡《から》んで、強請っていたようだね」

「それが原因で、小池は、殺されてしまったわけですか？」

「おそらく、動機は、そんなところだろうと思っている」

「私を罠《わな》にかけた、井上という女性弁護士が、東京で殺されたというのは、本当なんですか？」

「ああ、本当の話だ。つまり、君が逮捕されてから、事態が急に動き出したと、私は見ている」

「井上弁護士が殺された理由は、いったい何なんですかね？　彼女は、佐伯夫妻に頼まれて、三村しのぶを殺し、そして、私を犯人に仕立て上げたんですから、いわば、佐伯夫妻のために、尽くしたわけでしょう？　それなのに、なぜ、殺されたりしたんですかね？　私には、それがどうにも、わかりません」

橋本が、早口で、きく。

外と遮断されて留置場に入っていると、事件の推移がわからなくなってくる。だから、十津川の顔を見て、やたらに質問をぶつけたくなってくるのだろう。十津川はそんなことを考えながら、

「まだ、私にも、井上弁護士が、なぜ殺されたのか、完全にはわかっていない。ただ、何となく、想像はつくんだよ。井上弁護士は、君がいったように、三村しのぶを殺して、君を犯人に仕立て上げた。いわば佐伯夫妻にとっては、恩人のような存在だ。ただし、井上弁護士は、前に問題を起こして、弁護士資格を一時的に停止させられていたから、弁護士として、稼ぐ方法がなかった。当然、金が欲しかった。そこで、今度は、佐伯夫妻を強請ったんじゃないのかな？　それで、消されてしまった。私は、そんなふうに考えている」

「もう一つ、十津川さんに、おききしたいことがあるんですよ。私が殺したことになっている三村しのぶのことです。佐伯夫妻との間に、三角関係があったと、井上弁護士に聞かされていたんですが、本当にそうだったんですか？」

「私たちも、最初はそう考えていた。とにかく、三村しのぶというのは、なかなかいい女だからね。佐伯社長と不倫関係になった。それをネタに、佐伯社長が強請られて

いたんじゃないか？　そう思っていたんだが、いろいろと調べていくと、違っていることがわかった」

「どう違っていたんですか？」

「三村しのぶという女は、輸入雑貨の販売をやっていて、それも、年商が五億円もあることがわかった。つまり、金に困っていることは、全くなかったんだ。そんな女が、痴情のもつれで殺されたというのも、おかしいと思うようになった。さらに調べてみると、実は、三村しのぶが、佐伯社長にというか、佐伯工業にというか、一億円を超える金を貸していたのではないかということが、わかってきたんだ。だから、おそらく、その金銭的なもつれで、佐伯夫妻が、三村しのぶを消してしまったのではないか。最近は、そう思うようになってきた」

「こんなことをいっちゃ、不謹慎かも知れませんが、なかなか面白い展開になってきましたね。私はてっきり、三村しのぶが、佐伯夫妻を強請っていたと思っていたんです」

橋本が、笑っている。十津川は硬い表情のまま、

「とにかく、一日も早く、君を助けたいのだが、今のところ、それができない」

「別に、ガッカリはしませんよ。私は、三村しのぶを殺していませんし、事件に関し

ては全くの無関係なんですから」

「その通りだ。それに、君がここに留置されている間に、井上弁護士と小池康治という男が、相次いで殺された。しかし、君は、二人が殺された時ここに留置されていたという、これ以上はない完璧《かんぺき》なアリバイがあるわけだからね。この事件が解決すれば、遡《さかのぼ》って君の無実も証明されるはずだ。だから、もう少し頑張っていて欲しい」

「大丈夫です。私より、阿部純子のほうを、一日も早く助けてもらえませんか？　彼女は、人を殺すような女性ではありません。友人である私を助けようとして、今度の事件に首を突っ込んだだけだと、私は思っていますから」

「わかった。私も、まず、阿部純子の無実を証明したいし、そう思ったからこそ、こうやって、ここまでやって来たんだ。彼女のシロが証明されれば、自然と君の無実も証明される。私は、そう確信しているんだよ」

十津川は、橋本を励まして、いった。

2

五所川原警察署を出ると、十津川と亀井は、今度は、阿部純子が泊まっている旅館に向かった。

駅の近くにある、小さな旅館である。

十津川は、今日は、この旅館に泊まることにして、その手続きをした後、旅館の中の喫茶室で、阿部純子に会った。

阿部純子は、

「今、イライラしているんです。とにかく、この町を出るな。そういわれていますからね。それなら、この町にいる間に、橋本さんに会わせてほしい。そういったんですけど、会わせてもらえません」

「ここに来る前、橋本に会ってきたよ」

十津川が、微笑していった。

コーヒーが運ばれてきた。

純子は、それを一口飲んでから、

「どんな様子でした?」

「県警も、橋本がずっと、否認をし続けているので、さすがに、少しばかり持て余しているらしい。私たちに会わせれば、少しは、橋本の気持ちも変わるのではないかという、そんな期待もあったみたいだな」

十津川は、笑って、いった。

「彼、私のことを、何かいっていませんでしたか？」

「橋本は、君には大変感謝している。自分のことを助けようとして、君が、今度の事件に首を突っ込んだ。そのため、一時的にではあるにせよ、殺人事件の容疑者にされてしまった。そのことを、橋本は申し訳ないといっていたよ。自分のことはいいから、君の無実を、一日も早く証明してくれと、頼まれたよ」

「私のことより、橋本さん自身のことが問題なんじゃありませんか？　今のままで行くと、青森県警は、橋本さんを起訴にもっていくと思いますから」

「橋本は、それは覚悟をしていた。今のところ、橋本の無実を証明するのは難しい。ただ、東京で井上弁護士が殺されたり、こちらの五能線の列車の中で、小池康治が殺されたりしたのは、すべて、一つの事件が続いているのだと、私は思っている。だから、それを一つ一つ片付けていけば、自然に、橋本の無実が証明できると、確信しているんだ。だから、明日から、君が関係した事件について、最初から調べてみたいと思っている」

「是非、お願いします。私と一緒にこちらに来た佐伯香織さんは、今、どうしていますか？」

純子が、きいた。

「彼女なら、もう、東京に戻っているよ。容疑が君よりは薄いと見て、県警は、彼女を帰らせたんだ」

亀井が、いうと、純子は、口をとがらせるようにして、

「私から見れば、逆にずっと、あの奥さんのほうが、容疑が濃いと思うんですけどね。それでも、私の名刺のことがあるものだから、県警は、佐伯香織さんだけを、東京に帰らせてしまったに違いないんですよ」

「その名刺の件だが、君は本当に、殺された小池康治に、名刺を渡した覚えはないんだね？」

確認するように、十津川が、いった。

「ええ、絶対に渡してなんかいません。第一、私は、小池康治などという男には、一度も、会ったことがないんですから、渡したくても、渡しようがありませんよ」

純子は、キッパリと、いった。

「小池康治には、一度も会ったことがない。そういったね？」

「その通りですから、そういいましたけど」

「しかし、青森県警の依頼を受けて、私の部下の刑事が、君の自宅マンションを、調

べたことがあるんだ。そうしたら、君の机の引き出しの中から、小池康治に関する新聞記事の切り抜きが出てきた。一年前、小池康治が、恐喝で逮捕され、懲役一年、執行猶予《ゆうよ》二年の判決を受けた、その事件のことを報じた新聞記事だよ。この新聞記事が、君の自宅にあったということになると、誰が見ても、君が前から、小池という男を知っていたということになってしまう。少なくとも関心があったことになる。その点は、どうなっているんだ？」

十津川が、きくと、純子は、一瞬、エッという顔になってから、

「私、そんな新聞記事のことなんて、知りません」

と、いった。

「正直にいってもらわないと困るんだが、本当に、その新聞記事を集めたことはないのかね？」

「ええ、ありません。小池のことは、全く知りませんでしたよ。元興信所の人間で、恐喝で逮捕された。そういう人がいたことは、私も同業の私立探偵をやっていますから、きいていましたよ。しかし、興味を持って、そのことを調べたことなんて、一回もありません」

純子は、腹立たしげに、十津川に向かって、いう。

「そうなると、あの新聞記事の切り抜きは、誰かが、君のマンションの部屋に、置いていったことになる」

「おそらく、そうだと思います。誰かが、私を罠にかけようとして、そんなことをしたんだと思います。何しろ、私の住んでいるマンションは、セキュリティも万全ではないし、第一、管理人だって、一日おきにしか来ないんです。だから、誰かが私の部屋に忍び込み、新聞記事の切り抜きを、机の引き出しに入れておくことぐらい、簡単にできたと思います」

純子は、そういってから、しばらく何かを考えていたが、

「その新聞記事のことですけど、十津川さんは、こちらの県警に、そのことを、お話しになったんですか？」

「いや、まだ話していない」

十津川が、いうと、純子は、ホッとした顔になって、

「もし、十津川さんが、そんなことを、こちらの県警に話したら、間違いなく、私は逮捕されて、もう一度、留置場に放り込まれてしまいます」

「そういうことを考えると、何者かが、いや、佐伯夫妻がと、いったらいいかな？最初から小池康治を、五能線の中で殺すことを計画して、佐伯香織が、君と一緒に、

あの列車に乗ったんだ。そうしておいて、君のマンションに、何者かを忍び込ませ、小池康治が起こした恐喝事件の新聞記事の切り抜きを、机の引き出しに入れておいた。そんなことが、まず、考えられるね」

と、亀井が、いった。

「つまり、私も、橋本さんと同じように、まんまと罠にかかった。そういうことでしょうか？」

純子が、また腹立たしげに、十津川に、いった。

「そういうことだろうね。ところで、君は、小池康治に毒を飲ませて殺したのは、誰だと思っているんだ？」

「もちろん、容疑者は、一人しかいませんわ。私と一緒に、あの列車に乗った佐伯社長の奥さん、香織さんですよ」

純子が、キッパリと、いう。

「もし、佐伯香織が小池殺しの犯人だとすると、東京で、君のマンションに、小池の恐喝事件の新聞記事の切り抜きを放り込んだのは、夫の佐伯社長ということになってくるね。夫婦で小池を殺し、君をその犯人に仕立てあげたのかも知れないな」

と十津川はいい、亀井は、

「君が、犯人が佐伯香織だと信じる理由は、何なんだ？」

と、きいた。

「もちろん、私の名刺ですよ。私はあの日、自分の名刺を佐伯香織さんにあげたんです。最近、名刺を渡したのは、彼女だけですからね。その時、彼女は手袋をしていました。きっと、自分の指紋が、名刺につかないようにしていたんですね。彼女が、小池康治に青酸カリを飲ませて殺しておいてから、私が渡した名刺を、小池の上着のポケットの中に入れておいた。そうとしか思えません」

「そのことは、こちらの県警にも、話したんじゃないの？」

十津川が、きくと、純子は、またも口をとがらせるようにして、

「ええ、もちろん、いいましたとも。それで、県警の刑事さんが、佐伯香織さんにきいたんですよ。そうしたら、彼女、シラッとした顔で、私は、この人から名刺なんてもらっていませんよと、否定したんですよ。いくら私が、彼女に名刺を渡したと主張しても、彼女はもらっていないという。どこまでいっても、水掛け論ですよね。その上、どちらかといえば、こちらの県警は、最初から私の言葉より佐伯香織さんの言葉を、信じているんです」

夕食は、三人で、旅館の食堂で済ませた。

その後、十津川が提案した。

「明日、三人で、問題の列車『リゾートしらかみ3号』に乗ることにしよう。もう一度乗ってみれば、何か、事件解決の糸口になるようなものが、見つかるかも知れないからね」

「それじゃあ、明日は、警視庁の十津川さんたちと、秋田に行って、秋田から『リゾートしらかみ3号』に乗る。県警のほうには、そういっておきます。何しろ、しばらくの間、この町を離れるな。そういわれていますから」

と、純子が、いう。

「それは、こちらからも話しておこう」

十津川も、いった。

その後、三人は、自分たちの部屋に入った。

翌日、早めに朝食を済ませた後、三人は、タクシーをとばし秋田に出て、十一時〇四分、秋田発の問題の列車「リゾートしらかみ3号」に乗車した。

三人は、あの日、純子と佐伯香織が乗った1号車の切符を買って、乗ることができた。

ウィークデーのせいか、三両連結の「リゾートしらかみ3号」の車内には、ところどころに、空席があった。

「今日は、あの日と全く同じように、行動してください」

十津川は、純子に、いってから、

「この列車に乗った時、君はもう、名刺を佐伯香織に渡していたのかね？」

「ええ、秋田に来るまでの間に、渡してました。私が私立探偵をやっていて、橋本さんの友人ということが信じられないと、彼女がいうものですから、肩書き付きの名刺を渡したんです」

「列車が発車してからは、君は、佐伯香織と二人で、窓の外の景色を見ていたのかね？」

十津川が、きくと、純子は、苦笑して、

「いいえ、あの時、最初のうち、ずっと時刻表を見ていました」

「どうして、時刻表を？」

「何とかして、橋本さんを助けたかったんですよ。それで、東京から持ってきた時刻表を見ていたんです。その時刻表の中から、彼の無実を証明できるものはないかと思ったものですから」

窓から見える日本海は、相変わらず、美しい。

十三時四十二分、深浦に到着。

純子は、立ち上がって、

「ここで、降りたんです」

と、いい、自分が先頭に立って、さっさと、ホームに降りていった。五能線の中では、大きい駅である。

「この列車は、確か、ここには長い時間、停車しているんでしたね？」

ホームを歩きながら、亀井が、きいた。

「ええ、停車時間が、一時間四十三分もあるんです。私は、その時間を利用して、佐伯香織さんか、佐伯社長が、この路線の千畳敷まで行って、三村しのぶを殺したのではないか？　そんなふうに考えていたんです。ですから、この深浦に列車が停車している一時間四十三分の間に、何ができるか？　それが知りたかったんです」

「じゃあ、君が佐伯香織を引っ張るようにして、駅を出ていったんだね？」

「ええ、そうです。もし、佐伯香織さんがイヤだといったって、私は、この駅で降りて、千畳敷まで車で行ってみるつもりでした。だから、あの日は、ここで降りると、タクシーに乗ったんです」

「じゃあ、私たちも、タクシーを拾うことにしよう」

と、すぐに、十津川は応じ、三人は、タクシーに乗り込んだ。

「とりあえず、千畳敷まで行ってください」

純子は、運転手にいった。

タクシーは、海沿いの道路を走って、十五、六分で、千畳敷に着いた。

三人はいったん、タクシーを降りた。

「あの日も、深浦から、このくらいの時間で、ここに着いたの？」

確かめるように、十津川が、きいた。

「ええ、あの日も、十五、六分で着きました。それから、この千畳敷の周りを調べたんです。なんといっても、この千畳敷で、三村しのぶが何者かに殺されたんですからね」

純子が、まわりを見ながらいう。

三人はまず、店を開けている二軒の土産物店のほうに、歩いていった。

イカを焼く匂《にお》いがする。

「あの日も、観光客は、あまりいませんでした。千畳敷といえば観光の名所なのに、どうして、こんなに観光客が少ないのかときいたら、タクシーの運転手さんが、こういいました。この『リゾートしらかみ3号』の前に走っている同じ観光列車の『リゾートしらかみ1号』のほうは、この千畳敷には停車しない。だから客が少ないんだ、と」

純子は、歩きながらいい、そのあと、大きな岩をぐるりと回るようにして、太宰《だざい》治《おさむ》の文学碑のほうに、歩いていった。

「三村しのぶは、確か、この文学碑のそばで、殺されていたんです。私は、初めてだったので、つい千畳敷の景観のほうに目が行ってしまったけど、文学碑の前に立って、ああ、ここで、三村しのぶは殺されたのか。ここからならば、千畳敷の駅が目の前にある。その上、千畳敷の駅は無人駅だ。だから、誰にも見られずに、ここで犯人は、三村しのぶを殺すことができたんだ。そう思いました」

「そのあと、どうしたんだ？」

亀井が、純子を促すように、きいた。

「タクシーの運転手さんが寄ってきて、まだ時間が十分にあるから、ほかの名所旧跡を回ってみませんか？　不老ふ死温泉とか、十二湖とか、ウェスパ椿山《つばきやま》なんかを、ご覧になりませんか？　そういって、誘ってきたんですよ。私は、そういうところは、別にどうでもよかったんですけど、佐伯香織さんが、どうしても見に行きたいといったので、私も一応、彼女についていくことにしました。それで、タクシーの運転手さんに、お願いして、最初、不老ふ死温泉へ行くことになりました。秘湯だと思っていたら、大きくて、立派な温泉だったので、びっくりしました」

「そのあとは？」

「その後、運転手さんが、五能線の中でいちばん新しい名所にご案内しますよ、そういって、ウェスパ椿山に連れていってくれたんです」

純子は、そういって、運転手に、

「不老ふ死温泉のあと、ウェスパ椿山に行ってください」

と、いった。

また、タクシーが走り出す。

有名な不老ふ死温泉を見たあと、ウェスパ椿山に向かう。

やがて、前方に、大きな風車が見えてきた。

広い敷地の中には、点々と物産館やレストラン、ガラス工芸品の店などが建っている。しかし、客の姿は、ほとんどなかった。

タクシーの運転手が、三人に説明してくれた。

「この施設は、第三セクターが運営しているんですよ。最近になって、五能線が急に有名になって、人気を集めるようになったので、もっとお客さんを呼ぼうと考えて、こんなものを建てたんですけどね。ご覧のように、あまりお客さんの姿はありません」

運転手は、苦笑しながら、いった。

「あの日ですが、ここでは、何かあったのかね？」

亀井が、純子に、きいた。

「ここでもタクシーを降りたんですけど、佐伯香織さんが、のどが渇いたから、お茶でも飲みませんかと、誘ってきたんですよ。それで、タクシーの運転手さんも入れて三人で、向こうに見える喫茶店に入って、ケーキを注文し、コーヒーを飲みました」

「じゃあ、われわれもコーヒーを飲むことにしよう。私も、少しばかりのどが渇いた」

十津川が、いった。

三人は、その店に入っていって、コーヒーを注文した。

「ここに入ったら、佐伯香織さんが、トイレに行ってきたい。そういったんです。何でも便秘気味で、ここ二、三日は、特に大変なの。彼女は笑いながら、そういいました。もちろん、私は、どうぞといいましたけど」

と、純子が、思い出していう。

「その日、君と佐伯香織が別々になったのは、その時だけかね？」

確かめるように、また、十津川がきいた。

「今考えてみると、彼女と離れたのは、その時だけですね」

「どのくらいの時間、離れていたの？」

「確か、十五、六分でした。その後、私と佐伯香織さんは、深浦に戻って、十五時二十五分発の『リゾートしらかみ3号』に乗ったんです。いや、正確にいえば、乗ろうとしました。深浦の駅に戻って、ホームに入っていくと、あの列車が待っていました。そこで、乗り込んで、1号車の自分たちの席に座ろうとしたら、途端に、2号車のほうで、悲鳴がきこえたんです」

「あ、確か、2号車の座席で、小池康治《やすはる》が死んでいたんだね？」

「そうです」

「もちろん、その時は、2号車で死んでいたのが、小池康治だなんてことは、全く知りませんでした。何回もいいますけど、私は、小池という人には、一度も会ったことがなかったんです。とにかく、自分たちの乗っている『リゾートしらかみ3号』の中で、人が死んでいるというので、ビックリしてしまいました」

「そうだろうね。それは、誰だってビックリしますよ」

亀井が、純子に合わせるようにして、いった。

「その後、青森県警の谷本という警部さんがやって来て、乗客を全部、1号車に集めて、事件のことを乗客に知らせたんです。その時突然、この中に、阿部純子さんという人がいたら、前に出てきてくださいといいました。私は、またビックリして出ていって、谷本警部さんに、私が阿部純子ですけどといいました。そうしたら、谷本警部さんは、2号車のボックス席で死んでいたのは、小池康治さんという人だが、あなたは、その人のことをご存じですねと、いきなり、いわれたんです。私は、そんな人は知りません。そういったんです。そうしたら、死んだ小池康治という男が、私の名刺を持っていた。そういわれたんです。その途端に、私が、容疑者第一号になってしまったんです。本当にバカバカしい」

純子は、吐き捨てるように、いった。

「その後、どうしたの?」

「谷本警部さんが、やたらと、名刺のことをいうので、私は、佐伯香織さんを指差して、ここに来る新幹線の中で、この人に名刺を渡した。そういいました。それで、佐伯香織さんも、私と一緒に、谷本警部さんの尋問を受けることになったんです。でも、きのうもいいましたように、彼女、私から名刺をもらったことはない。そういって、ウソをついたんです」

3

「では、私たちも深浦に戻って、『リゾートしらかみ3号』に乗ろうじゃないか？」

十津川が、すぐに応じた。とにかく、全く同じ行動をとる必要がある。

三人は、タクシーに戻った。

「深浦に戻ってください」

と、純子が、運転手にいった。

すぐ、タクシーが走り出した。

三人は、深浦駅に戻った。

改札口を通り、ホームに入っていく。途端に、

「あら？」

と、純子が、大きな声を出した。

「列車がいないわ」

確かに、ホームには、自分たちを待っているはずの「リゾートしらかみ3号」が見

えなかった。

「あの日は、ちゃんとホームで、待っていたんだね？」

亀井が、きいた。

「ええ、もちろん、それに間に合うように、私たちはあの日も、ここに帰ってきたんですもの」

「しかし、今日は、列車がホームに入っていないね。どうしたのかな？」

十津川が、いった。

「深浦の駅に戻ってきた時刻は、あの日と全く同じかね？」

亀井が、きいた。

純子が、時計に目をやってから、

「そういえば、あの日より、少しばかり、今日のほうが早いかも知れません。それにしても、本当に、どこに行っちゃったのかしら？」

純子が、不思議そうに、周囲を見ている。

その時、「リゾートしらかみ3号」が、ホームに入ってきた。ホームで待っていたほかの乗客たちも、ゾロゾロと乗り込んでいく。

三人が1号車に乗った後、十津川が、通りかかった車掌を呼びとめて、

「この列車、今までどこに行っていたのですか？」

と、きいた。

車掌は、穏やかな顔で、

「どこに行っていたのかときかれましても、時刻表の通りに、ちゃんと走っていましたよ」

と、いった。

「でも、十三時四十二分に、この列車が深浦に着いてから、私たちはタクシーで、千畳敷や不老ふ死温泉や、ウェスパ椿山を見てきたんですよ。先日も同じようにしたんだけど、その時は、ちゃんとホームで、私たちのことを待っていましたよ」

純子が、抗議でもするように、車掌に、いった。

途端に、列車は、動き出した。

「どうして、今日は、いなくなっていたんですか？」

十津川が、もう一度、同じことをきくと、車掌は、また穏やかに、笑って、

「蜃気楼《しんきろう》ダイヤですよ」

と、いった。

十津川は、わけがわからなくて、

「それ、どういうことですか？」

「この『リゾートしらかみ3号』ですけどね。お客さまのために、少し変わった動き方をするんです。市販されている普通の時刻表には載っていない動き方をするので、今もいったように、蜃気楼ダイヤと、呼ばれているんですよ」

「申し訳ありませんが、よくわかりません。もう少しわかるように、説明してもらえませんか？」

と、十津川が、いった。

車掌は、手帳を取り出すと、深浦と書き、その横に、十三時四十二分と書いた。

「みなさんは、秋田からこの列車にお乗りになったようですから、深浦には、十三時四十二分に到着しています。それで、一時間四十三分の休憩を利用して、タクシーで名所旧跡を見て回られたのでしょう？」

「ええ、そうですよ。千畳敷に行ったり、不老ふ死温泉を見たりウェスパ椿山を見たりしていました」

「十三時四十二分に、この深浦に到着すると、七分後の十三時四十九分に、この列車は、深浦を発車するんです」

「じゃあ、お客を置いてきぼりにして、先に進んでしまうんですか？」

亀井が、いうと、また、車掌は、手を小さく横にふって、

「そうじゃありません。そんなことをしたら、大変なことになってしまうじゃありませんか？　もう一度、この列車は逆戻りするんですよ。今も申し上げたように、十三時四十九分に深浦を発車すると、岩館《いわだて》まで戻るんです。深浦から三つ前の駅です。その岩館に、十四時二十九分に着きます。それからまた、この深浦に戻ってくるのですが、その間に十二湖、ウェスパ椿山と停まって、十五時二十二分に、深浦に戻ってくるんですよ。ですから、十五時二十二分過ぎに、お客さんたちが深浦に帰ってくれば、ホームにちゃんと列車がいたはずなんです。みなさん、少しばかり早く、深浦に着いてしまわれたのではありませんかね？」

車掌が、のどかに笑った。

「なるほど。わかりました。それにしても、どうして、そんな、ややこしい運行をするんですか？」

十津川が、文句をいうと、

「すべて、お客さまのためなんですよ。秋田を十一時〇四分に出発したこの列車は、東能代《ひがしのしろ》を過ぎた後で、五能線に入るのですが、あきた白神、十二湖、ウェスパ椿山と名所に停車していきますから、その時、例えば、あきた白神で降りたお客さまは、ゆ

っくりと白神山地を見たいじゃありませんか？　だから、そうしたお客さまを乗せるために、この列車は、深浦駅から岩館駅まで戻るんですよ。あきた白神でお降りになったお客さまは、車で岩館までお送りすることになっています。今も申し上げたように、この列車は、十四時二十九分に岩館に戻って、それから、十四時三十七分に岩館を出ますから、正式にあきた白神で十二時五十一分にお降りになったお客さまは、一時間半ほどの間、近くの白神山地を見たりして、ゆっくりとできるんです。ゆっくりと見学してから、あきた白神駅に戻れば、そこから送迎車が出ていて、岩館駅まで行きますから、もう一度、この列車に乗ることができるんです。これは、十二湖駅でも同じです。十二湖駅では、到着が十三時十六分ですけど、この列車は、今も申し上げたように、もう一度戻ってから、十二湖、ウェスパ椿山と停まっていきますから、十二湖駅でお降りになったお客さまは、一時間三十九分の間、周辺を見て楽しめるんです。ウェスパ椿山についていえば、一時間四十分、見て回る時間があります。そうして、ゆっくりと観光を楽しんだお客さまを、この列車がもう一度乗せて走る。そういうわけなんです」

と、車掌が、いった。

その間に、三人が乗った列車は、千畳敷に、十五時四十八分に着いた。

ここで十分間停車する。ここでも、その十分の間に、乗客は、駅の前に広がっている千畳敷を見て楽しんでくる余裕があるわけである。

しかし、純子は、千畳敷では降りようとせず、列車の中で、じっと考え込んでしまっている。

彼女が、何を考えているのか、十津川には、わかるような気がした。

「ウェスパ椿山《つばきやま》でのことを、考えているみたいだね？」

十津川が、純子に、声をかけた。

「ええ、今の車掌さんの話をきいて、あの日、タクシーに乗ってからの佐伯香織さんのことを考えていたんです。さっき、警部さんもいわれましたよね？　あの日、私が、佐伯香織さんと唯一《ゆいいつ》離れたのは、コーヒーを飲みに入った、ウェスパ椿山の喫茶店だけだった。あそこで、彼女はトイレにいってくるといって離れて、十五、六分帰ってこなかったんです。今までは、そのわずか十五、六分で、彼女が小池康治を殺すことなんて、物理的にも不可能だ。そう思っていたんですけど、今の車掌さんの話で、佐伯香織さんに対する疑いが、濃くなったような気がします」

「私も同感だ。あの日、君と佐伯香織の二人が、深浦の駅で降りてから、タクシーで名所旧跡を回って、最後に、ウェスパ椿山に行った。そこで、喫茶店に入って、コーヒーを飲んだ。その間、トイレに行ってくるといって、十五、六分、佐伯香織は、あなたの前から離れた。一方、深浦駅で客を降ろした『リゾートしらかみ3号』だが、あの日も、今日と同じように、列車はいったんバックして、岩館駅まで行き、それから、十二湖駅、ウェスパ椿山駅と停車して、また深浦駅に戻っている。つまり、あの日、君と佐伯香織の二人が、タクシー運転手と、ウェスパ椿山の喫茶店でコーヒーを飲んでいる時、列車も、ウェスパ椿山駅に戻ってきていたんだよ」

十津川が、いうと、純子も、

「そうなんです。それなんですよ」

と、大声を出した。

「もし、あの時、ウェスパ椿山駅に『リゾートしらかみ3号』が戻ってきていたら、当然、その列車の中には、殺された小池康治も乗っていたはずです。ウェスパ椿山の喫茶店と駅は、目と鼻の先ですからね。十五、六分あれば、駅まで行って、佐伯香織さんが、2号車の小池康治に、青酸入りの缶コーヒーを渡して、飲ませることだってできたかも知れません。つまり、青酸入りの缶コーヒーを飲んで小池が死ぬと、小池の上着のポケットの中に、私の名刺を入れておき、私とタクシーの運転手がコーヒーを飲んでいる喫茶店に戻ってきて、何食わぬ顔で、一緒に深浦駅に戻った。そういうことかも知れません」

「私も、そう思う。この推理が当たっていれば、小池康治を殺したのは、間違いなく、佐伯香織だよ」

十津川は、しっかりとした口調で、断定した。

「しかし、問題は、何といっても証拠でしょうね」

亀井が、冷静に、いった。

確かに、問題は証拠なのだ。今、十津川がいい、そして、阿部純子がいった推理は、もし、佐伯香織が犯人なら、正しいことになってくる。

しかし、佐伯香織が、ウェスパ椿山駅で、「リゾートしらかみ3号」に乗っている小池康治に会い、青酸入りの缶コーヒーを飲ませ、その後に、小池康治の上着のポケットに、阿部純子の名刺を入れておいたということを、証明しなければならない。

当然、佐伯香織は、否定するだろう。

しかし、佐伯香織は、ウェスパ椿山でトイレに行っている。それも、十五、六分という長い時間である。

十津川が、考えを巡らせている間に、列車は、次の鰺《あじ》ケ沢《さわ》駅に到着し、駅に着くと同時に、車内で、津軽三味線の演奏が始まった。おそらく、これも、観光客に対するサービスの一つなのだろう。

五所川原に着いたのは、十六時四十七分。

ここで、三人は、列車を降りた。

三人は旅館に戻り、また一緒に食堂で、今日のことを話し合った。

「ビールが、飲みたくなりました」

夕食の前に、純子が、いった。

「じゃあ、私たちも、ビールを飲もうか？」

十津川が、亀井に、いった。

「いいですね。君は、ビールで乾杯か？」

亀井が、純子を見た。

「まだ、乾杯というところまでは行きませんが、しかし、今日の発見で、少しばかり、前途が明るくなったような気がします。まだ証拠はありませんけど、小池康治を殺したのが、佐伯香織さんだと証明できる可能性が、出てきたんですから」

と、純子が、いった。

仲居さんが、ビールを運んできてくれる。

それで、三人は、ささやかな乾杯をした。

その後、夕食の海鮮料理を食べながら、もう一度、今日のことを話し合った。

「それにしても、蜃気楼ダイヤは、よかったですね」

思い出したように、亀井が、笑う。

「君は、先日、佐伯香織と一緒に来た時に、初めて、五能線に乗ったんだろう？」

十津川が、純子にきいた。

「ええ、あの時が初めてでした。だから、私は、蜃気楼ダイヤなんて、全く知りませんでした。その後もいろいろと駆けずり回っていたのに、今日まで気がつかなかったんです」

「佐伯香織のほうは、蜃気楼ダイヤについて、知っていたんだよ。だから、それをうまく利用して小池康治を殺し、君を犯人に仕立てようとした」

十津川が、いうと、

「佐伯香織さんは、どうやって、小池康治を同じ列車に乗せたのかしら？」

と、純子が、きいた。

「もちろん、『リゾートしらかみ3号』に乗るようにいったのは、佐伯香織だろう。佐伯夫妻は、小池康治から強請《ゆす》られていた。だから、こういったんじゃないのかね？東京で金を渡すと、誰かに見られる可能性があるから、秋田から『リゾートしらかみ

3号』に乗って欲しい。ウェスパ椿山の駅で、金を渡すから。そういって、彼女は、2号車のキップを渡したんじゃないのか？　2号車は、ボックス席になっているから、四人分のキップを買っておいて、その一枚を、小池康治に渡した。もし、乗ってこなければ、お金は渡さない。そういったんじゃないのかな？　だから、小池は、いわれるままに秋田から『リゾートしらかみ3号』に乗った。2号車のボックス席に乗り込んだが、ほかの三人の客は、乗ってこなかった。今もいったように、佐伯香織が、その席のキップも買い占めておいたからね。そうしておかないと、小池に青酸入りの缶コーヒーを渡したり、小池の上着のポケットに、君の名刺を入れたりは、できないからね」

「しかし、小池はどうして、平気で青酸入りの缶コーヒーなんかを飲んだんでしょうかね？　相手を強請っていたわけですから、少しは用心していたんじゃないかと思いますけどね」

亀井が、首をかしげた。

それに対して、十津川が、答える。

「おそらく、こんなふうにしたんじゃないかと思う。今、いったように、2号車のボックス席に、小池康治を乗せる。そして、ウェスパ椿山の駅で、香織は、待っていた小池に会う。そのときまず、要求通りの金を渡した。それが何百万円かであっても、とにかく渡せばいいんだ。そうすれば、小池はホッとして油断する。そうしておいてから、彼女は、コーヒーでも飲みませんか？　そういって、青酸入りの缶コーヒーを渡した。自分も、もちろん、こちらは、青酸の入っていない缶コーヒーを、小池の目の前で飲んで見せた。小池は、金をもらっているし、香織も同じ缶コーヒーを飲んだので、安心して、何の疑いも持たずに、飲んだんじゃないのか？　途端に、小池は絶命してしまう。そのあと、佐伯香織は、渡した何百万円かの金を取り戻し、代わりに、阿部君の名刺を、小池の指紋をつけたうえで、上着のポケットに入れて、列車を降りたんだ。今はこのことも証拠はないが、おそらく、こんなふうにしたんだろう。私は、そう思うんだがね」

純子は、しばらく黙って箸《はし》を動かしていたが、目を上げて、十津川を見ると、

「今日わかったことを、青森県警の警部さんに話したほうがいいでしょうか？　それとも、しばらく黙っていたほうがいいでしょうか？」

と、きいた。

「そうだな」

と、ちょっと考えてから、十津川は、

「今日、あなたを連れて、この五所川原を離れたことは、青森県警の谷本警部に話してありますから、その結果を報告する形で、今日わかったことを伝えたほうがいいかも知れないね。しかし、だからといって、すぐには、君を無実だと考えて、自由にしてくれたりはしないと思う。たぶん、君がこの話をした後、谷本警部は、しかし、証拠がないじゃないかと、そういうに決まっている。それは覚悟しておいた方がいい」

「ええ、私も期待をしないで、話してみます。どうせ、今日、どこに行ったのか、詳しくきかれるでしょうから」

そういって、純子は、小さく笑った。

夕食が済んだ後、五、六分して、予想していた通り、青森県警の谷本警部が、部下の刑事一人を連れて、旅館にやってきた。

谷本は、まず阿部純子一人を呼び、

「今日の行動について、詳しく説明してもらいたいね」

と、いった。

純子は、十津川たちと一緒に、秋田から「リゾートしらかみ3号」に乗ったことを、まず、いった。

「小池康治という人が死んだ時と同じように、行動してみたんですよ。そうしたら、一つ、わかったことがあります。それを、これから警部さんに、お話ししますよ」

純子は、そういって、深浦で、蜃気楼《しんきろう》ダイヤについて、車掌からきいたことを、谷本警部に話した。

「だから、当日、私と一緒にいた、佐伯香織さんには、小池康治を殺すチャンスがあったんですよ」

純子は、キッパリといったが、谷本のほうは、小さく肩をすくめただけで、

「しかし、肝心の証拠が、全くないね。これでは、今すぐ、あなたを自由にしてあげるわけにはいかない。申し訳ないが、少なくとも、あと二、三日は、この五所川原の町にいて貰《もら》う」

十津川が想像していた通りのことをいった。

その後、谷本警部は、純子を部屋に戻してから、十津川のところに来て、確認するように、

「今日は、あの私立探偵の女性を連れて、秋田から『リゾートしらかみ3号』に乗られたそうですね？」

「ええ、乗りましたよ。何しろ、あの列車の中で、小池康治という男が殺されていますからね。あの小池は、東京に住んでいる男で、谷本さんにも報告した通り、恐喝の

前科があるんです」

「その件ですが、今、彼女、やたらに興奮して、自分の無実を証明することができるとわかった。あの日、一緒にいた佐伯香織が、小池を殺したんだ。そういっているんですよ。何でも、例の列車『リゾートしらかみ3号』の蜃気楼ダイヤとかいうものを使って、佐伯香織が、自分を罠《わな》にかけた。そういってきかないんですよ」

「それで、谷本警部は、彼女の話を、どう受け取ったんですか？　今回の殺人事件に関して、彼女が、これでシロになったと、そう思われましたか？」

十津川が、きくと、谷本警部は、肩をすくめて、

「いや、それは、問題外ですよ。何しろ、彼女の話をいくらきいても、何一つ、証拠というものがないんですから。すべてが、いわば彼女の推理というか、空想にすぎません。証拠がなければ、佐伯香織を逮捕することもできないし、阿部純子が、無実だという確証にもなりませんからね。ですから、やはり今でも、今回の事件の第一の容疑者は、あの私立探偵ですよ」

そういって、きかなかった。

（やっぱりだな。われわれが、思った通りだった）

と、十津川は、思い、つい苦笑してしまった。

しかし、これで、小さいながら突破口ができたという思いは、変わらなかった。

（この穴を広げていけば、小池殺しの真犯人もわかるだろうし、あの阿部純子という私立探偵の無実も、証明できるだろう。そして、最後には、橋本豊の無実も、証明できるに違いない）

十津川は、そう確信した。

第七章　解決へのダイヤ

1

　十津川は、五所川原の旅館の食堂で、亀井と私立探偵の阿部純子《あべじゅんこ》を交えて、今回の事件について、話し合った。

「問題は、蜃気楼《しんきろう》ダイヤだな。佐伯《さえき》香織が、この蜃気楼ダイヤを知っていたかどうか、それが、今度の事件の鍵《かぎ》になると、私は考えている」

　十津川がいうと、純子が、

「彼女が、蜃気楼ダイヤを知っていたことは、間違いないと、思います。私は、まったく知らなかった。だから、彼女は、蜃気楼ダイヤを利用して、小池康治《やすはる》を殺し、私を欺《あざむ》いて、アリバイ証人にした上に、犯人に仕立て上げたんです」

悔しそうに、いった。

「しかし、彼女自身は、蜃気楼ダイヤについて、まったく知らなかったと、証言するだろう」

十津川がいうと、亀井がうなずいて、「もちろん、そういうでしょうね。もし、知っているると認めてしまったら、彼女の容疑が、一挙に濃くなってしまうわけですから」

と、いった。

十津川は、阿部純子に目をやって、

「君は、前に、佐伯香織と来た時、蜃気楼ダイヤに気がつかなかったんだね。どうして、気がつかなかったのかね？」

「小池康治を殺したのは、佐伯香織に間違いないだろうとは、思ったけど、証拠がなかったんです。今もいったように、蜃気楼ダイヤについて知らなかったし、いちばんの問題は、彼女と二人で、千畳敷に行ったり、不老ふ死温泉に行ったり、ウェスパ椿《つばき》山《やま》に行って、深浦駅に戻ってきた時、ホームには、すでに『リゾートしらかみ3号』が、停車していたんですよ。ですから、蜃気楼ダイヤで、あの列車が岩館《いわだて》駅までもう一度戻って、また、深浦に来たなんてことには、全然気がつかなかったんです。もし、今回のように、あの列車が、深浦駅のホームに停車していなかったら、おそらく、すぐ蜃気楼ダイヤに気がついたはずだし、佐伯香織が、小池康治を殺したと、はっきり、断定できたんですけど」

「確かに、君のいう通りかも知れないな。ここに、深浦駅のダイヤが、二つ書いてある。正規の『リゾートしらかみ3号』のダイヤによれば、十三時四十二分、深浦駅着、十三時四十九分、深浦発となっている。そして、蜃気楼ダイヤのほうはというと、十五時二十二分、深浦着、十五時二十五分、深浦発になっている。だから、十五時二十二分の後で、深浦に戻ってくれば、ホームにはちゃんと『リゾートしらかみ3号』が停車していることになるんだ」

「問題の殺人事件の日のダイヤは、その通りになっていたんだと思います。だって、深浦駅に戻ってきた時、『リゾートしらかみ3号』は、ちゃんと、ホームに停車していました」

純子が、繰り返して、いった。

「今回、われわれは、その時と同じように行動したつもりだったが、深浦に戻ってくると、『リゾートしらかみ3号』は、ホームにいなかった。ということは、われわれは、十五時二十二分の前に、深浦駅に戻ってきたことになるんだ」

「その点は、微妙ですね」

亀井が、いう。

「われわれが深浦駅に戻った時も、確か、五分も六分も前に戻ったんじゃありませんよ。十五時二十二分の、おそらく一分とか二分前に着いたんです。しかし、一分か二分の差でも、ホームには『リゾートしらかみ3号』は戻っていませんでした。もし、事件の日に、阿部君と佐伯香織が、今日と同じように、十五時二十二分の前に、深浦駅に戻ってきてしまっていたら、簡単に、君に気づかれてしまったはずです。だから、佐伯香織は、周到に時間を調べて、時間を気にしながら、深浦に戻ったに違いありません」

亀井が、純子を見ていった。

「ええ、その通りだと思います」

「事件の日のことを思い出してもらいたいんだが、君と一緒に行動しながら、佐伯香織は、しきりに、時間を気にしていた。そんなことはなかったかね？」

十津川が、きいた。

「やたらに、腕時計を見ていたといいたいんですけど、残念ながら、正直なところ、彼女、腕時計なんか、ほとんど気にしていませんでした」

純子が、いう。

「それは、ちょっとまずいね。君が、今いったように正直に証言したら、佐伯香織は、蜃気楼ダイヤを知らなかったことになってしまう」

十津川が、渋い顔で、いった。

「でも、彼女は、蜃気楼ダイヤのことを詳しく知っていたんだと思います。そうでなければ、おかしいんです」

純子が、断定するようにいった。

「じゃあ、もう一度、事件の日の、君と彼女の行動について、始めから検討してみようじゃないか」

十津川が、いい、コーヒーを、仲居さんに運んでもらった。

「もう充分に検討したし、その上、今度は、十津川さんや亀井さんと一緒に、『リゾートしらかみ3号』に乗ったじゃありませんか？　これ以上検討しても、何も出てこないと思いますけど」

純子が、疲れた表情で、いった。

十津川は、笑って、

「私立探偵の君たちは、何といっても、捜査のアマチュアだからね。われわれプロは、何度だって、同じことを検討するんだ。とにかく、コーヒーを飲んでから、もう一度、考え直そうじゃないか」

コーヒーを飲み終わると、十津川は、改めて純子に目を向けた。

「さて、事件の日、君は、佐伯香織と二人で、東京から秋田新幹線で来て、秋田で『リゾートしらかみ3号』に乗った。乗ったのは、確か1号車だったね？」

「ええ」

「その時、2号車のほうには、殺された小池康治が乗っていた。これも間違いないね？」

「ええ、間違いありません。青森県警の刑事が、そういっていましたから」

「十三時四十二分、君たちの乗った列車は、深浦駅に着いた。これは普通の時刻表に載っているダイヤ通りだ」

「ええ。ここで、一時間四十三分の余裕があると、そうきかされたんです。そこで、私は考えました。三村しのぶは、千畳敷で殺されていたけど、この列車が千畳敷に行ってから、殺されたのではない。深浦で一時間四十三分もの時間があるというので、おそらく、犯人が、彼女を深浦で降ろして、タクシーを使って、千畳敷まで連れていってから、殺したのではないのか？　私は、そう考えたんです。ですから、それが、果たして、可能かどうかを是非確かめたい。そう思って、佐伯香織を引っ張るようにして、深浦駅から出て、タクシーに乗って、千畳敷や、この周辺を走ってみたい。そう考えたんです」

「それで、君と佐伯香織は、深浦でタクシーに乗ったんだね？」

「ええ、そうです。タクシーで、千畳敷に行き、不老ふ死温泉に行き、ウェスパ椿山に行ったんです」

「細かいことになるが、君が、タクシーを停《と》めて、佐伯香織を乗せたのかね？　それとも、タクシーを拾ったのは、君ではなくて、佐伯香織のほうだったのかね？　これも、はっきりさせておきたい」

十津川が、いうと、純子は、困ったような顔になって、

「さあ、あの時は、どうだったかしら？　とにかく、タクシーで千畳敷まで行ってみたい。そういったのは、私なんです。でも、実際に、客待ちしていたタクシーの運転手に声をかけたのは、私じゃなくて、彼女のほうだったような気がします」

「そこは、重大なことになってくるかも知れないからね。はっきりさせておきたいんだ。運転手に声をかけたのは、君なのか、それとも、佐伯香織なのか？　どっちなん

だ？」

十津川が、厳しい口調で、きいた。

「どうだったかな？」

と、純子は、しばらく考えていたが、

「やっぱりそうです。タクシーの運転手に声をかけたのは、佐伯香織のほう。間違いありませんわ」

「タクシーに乗ってから、まず、君たちは、千畳敷に行った。最初に、千畳敷に行くようにいったのは、君なのか？　それとも、佐伯香織なのか？」

十津川が、きいた。

「それは、私がいったんです。私は、橋本豊さんを助けたくて、五能線に乗ったんですから、とにかく、まず初めに、三村しのぶさんが殺されていた、千畳敷に行ってみたかったんです。それで、運転手さんに、まず千畳敷に行って欲しい。そういったんです」

「千畳敷に着いてから、君と佐伯香織は、タクシーから降りたんだね？」

「ええ、降りました。私は、千畳敷周辺を歩いてみたかったんです」

「ということは、千畳敷では、君が主導権を取って、佐伯香織は、君のいう通りについて回った。そういうことになってくるね？」

「それは、その通りです。私たち、タクシーを降りてから、あの周りを歩きました。私は、三村しのぶさんが殺されたのは、この時だと、強く思ってたんです。時刻表によれば、『リゾートしらかみ3号』が千畳敷に着くのは、十五時四十八分になっています。それに、時刻表によれば、十分間、ここで、その列車は停まっているんです。三分前に警笛を鳴らされるので、乗客は間に合うように列車に戻れるそうです。ですから、最初は、その十分の間に、犯人は、千畳敷の太宰治《だざいおさむ》の文学碑のそばで、三村しのぶさんを殺した。そう思ったんですけど、タクシーで行ってみて、これは違うと、確信しました。犯人は、その前に、深浦から、タクシーで三村しのぶさんを千畳敷に連れていって、殺しているんです。私は、そう確信したんです。だから、これは、一つの収穫だと、その時、私は思いました」

と、純子が、いった。

2

「君と佐伯香織は、まず、タクシーで、千畳敷に行った。その後、確か、不老ふ死温泉に行ったんだね？」

　続けて、十津川が、きいた。

「ええ、タクシーに乗って、海沿いの道を、不老ふ死温泉に向かいました」

「その時、千畳敷から不老ふ死温泉に行こうといったのは、どちらなんだ？　君がいったのか？　それとも、佐伯香織がいったのか？」

「いいえ、私でも彼女でもありません。待ってもらっていたタクシーの運転手さんが、私たちのそばにやってきて、まだ時間が充分にあるから、不老ふ死温泉や、ほかのところにもご案内しますよ、そういったので、二人で、もう一度、同じタクシーに乗り込んだんです」

　純子が、思い出す感じで、いった。

「不老ふ死温泉では、あまり、時間をかけて見なかったようだね？」

「ええ、どうせ、そこで温泉に入る時間もありませんでしたし」

「それで、最後に、ウェスパ椿山に行ったんだね？　これは、君が誘ったの？　それとも、佐伯香織の意見だったの？」

「これも、タクシーの運転手さんの誘いなんです。まだ時間があるし、五能線の沿線で、いちばん新しくできた、第三セクターのリゾート施設があるから、そこにご案内します。そういわれたので、私と佐伯香織は、タクシーで、ウェスパ椿山に行ったんです」

「深浦駅と同じように、このウェスパ椿山が、大事な点だと、私は思う。佐伯香織が犯人だとすれば、最後にウェスパ椿山に行き、そこに停まっている『リゾートしらかみ3号』の車内で、小池に青酸入りの缶コーヒーを渡して、飲ませて殺したことになるからね」

「警部さんのいう通り、佐伯香織が犯人なら、ウェスパ椿山の喫茶店に入ったあと、トイレに行くといって出ていき、ちょうど裏に当たるウェスパ椿山の駅に停まっている『リゾートしらかみ3号』の車内で、小池に青酸入りの缶コーヒーを渡して、それを飲ませたに違いないんです。その時、私は、蜃気楼ダイヤのことをまったく知りませんでしたから、まさか『リゾートしらかみ3号』が、ウェスパ椿山駅に来ているなんてことを、ぜんぜん気づきませんでした。だから、彼女のトイレが長くても、別に何も怪しいとは思わなかったんですよ。でも、今になれば、彼女は、蜃気楼ダイヤのことを知っていて、その時、『リゾートしらかみ3号』がウェスパ椿山駅に来ていることを知っていたんですね」

純子は、また、悔しそうに、いった。

「蜃気楼《しんきろう》ダイヤを確認してきたんだが、蜃気楼ダイヤで、『リゾートしらかみ3号』がウェスパ椿山駅に到着するのは、十五時〇七分。そして、発車するのは、一分後の十五時〇八分なんだ」

十津川が、いう。

「たったの一分間しか、ありませんね。佐伯香織が犯人で、この『リゾートしらかみ3号』に乗っていた小池を殺したとするなら、相当に、きわどい時間との戦いになるんじゃありませんか？」

と、いったのは、亀井だった。

「その時間というのは、二通り考えられるね」

と、十津川が、いう。

「第一の点は、佐伯香織が犯人なら、蜃気楼ダイヤで『リゾートしらかみ3号』が、十五時〇七分にウェスパ椿山駅に到着し、一分後の〇八分に発車することを彼女は知っていた。これが、第一の問題だ。犯人ならば、当然、知っていたことになる。もう一つが、今、カメさんがいった、一分間の問題だ。一分間で、果たして、小池康治に青酸入りの缶コーヒーを飲ますことができるかどうか？　まず、後者について、考えてみようじゃないか？」

「一分間というのは、短い時間ですけど、不可能ということはないと思います」

純子が、きつい表情で、いった。

「その点を、どう考えているのか、君の考えをききたいな」

十津川が、いう。

「おそらく、佐伯香織は、蜃気楼ダイヤで『リゾートしらかみ3号』が、ウェスパ椿山の駅に入ってくる少し前に、トイレに行くと私にはウソをいって、ホームに入って行ったんだと思います。そこに『リゾートしらかみ3号』が入ってくる。彼女は、ためらうことなく、2号車の小池のところに行きます。そして、用意してきた現金か小切手を渡してから、『これで、そちらの要求に応《こた》えたし、一件落着ね、コーヒーで乾杯しようじゃありませんか？』、そんなことをいって、青酸入りの缶コーヒーを渡したんじゃないかと思うんです。自分も、同じ缶コーヒーを手に取って、先に飲んで見せた。小池のほうは、強請《ゆす》っていたお金が手に入ったこともあったので、喜んで、何の疑いも持たずに、青酸入りの缶コーヒーを飲んでしまった。即効性がありますから、すぐに効いてくる。小池が苦しむのを見て、彼女は、小切手か、あるいは現金を奪い返して、私の名刺を名刺入れに入れ、すぐ、私が待っていた喫茶店に戻ったんだと思います。スムーズにやれば、一分ほどで、小池に青酸入りの缶コーヒーを飲ませることは、充分に可能だったと、私は考えています」

「確かに、一分間は、短くもあり、同時に、長くもある。君のいう通り、青酸入りの缶コーヒーを小池に飲ませるのは、可能だったかも知れない。特に、強請っていた金か、あるいは、同額の小切手を、小池に渡したあとなら、小池は安心して、そのコーヒーを飲んだだろうからね。だから、これは、一応可能であるとしておこう。もう一つは、『リゾートしらかみ3号』が蜃気楼ダイヤで、ウェスパ椿山駅に着くのは、十五時〇七分であるということだ。しかも一分停車だ。その時刻に合わせて、彼女は、君を喫茶店に待たせておいて、駅まで行った。その時刻を、正確に合わせておかないと、この計画は失敗する。そこで、もう一度、確認しておきたいのだが、君たちが、タクシーで千畳敷から不老ふ死温泉に行き、最後に、ウェスパ椿山に向かった。さっき、君は、タクシーの運転手が行こうと誘ったから行ったといったが、これは、間違いないのかね？　ウェスパ椿山に行こうといったのは、佐伯香織じゃなかったのかね？」

十津川は、確かめるように、重ねて、きいた。

「間違いなく、タクシーの運転手さんでした。その言葉も、今でも、ちゃんと覚えているんです。五能線でいちばん新しくできたリゾート施設にご案内したい。そういって、私と佐伯香織を、タクシーで、ウェスパ椿山まで送ってくれたんですから」

純子が、いった。

「もう一度聞きたい。タクシーで、ウェスパ椿山のリゾート施設に向かう間、佐伯香織は、時間を気にしていたかね？　自分の腕時計をずっと見ていたといったようなことは、なかったのか？」

亀井が、純子に、きいた。

「ほとんど見ていなかったと思いますよ。もし見ていれば、気がつきますから。もちろん、一度ぐらいは見たかも知れないけど、そう頻繁《ひんぱん》には見ていなかった。それは、間違いありません」

「さっき、君は、タクシーで深浦駅に戻る時も、佐伯香織は、ほとんど、時間を気にしていなかった。そんなふうにいっているんだ」

「ええ、彼女は、時間を気にしていた。犯人なら、時間を気にしていたのは当然ですから。そういいたいんですけど、彼女が時間を気にしていたという感じは、まったくなかったんです。それが、今でも不思議で仕方がないんです。彼女が犯人なら、間違いなく、ウェスパ椿山で、小池に毒入りの缶コーヒーを飲ませたに違いないし、また、深浦駅に戻った時、『リゾートしらかみ3号』は、ちゃんとホームに入っていましたからね。その時間もちゃんと計算して、私を連れ歩いたに違いないんです」

「ひょっとすると、タクシーの運転手じゃありませんか？」

突然、亀井が、いった。

3

「タクシーの運転手か」

「そうですよ。今、阿部君の話をきいていると、いくつか、気になったことがあったんです。一つは、事件のあった日、佐伯香織と一緒に、深浦駅で降りてタクシーに乗った。その時、タクシーを停めたのは、佐伯香織だった。そういいましたよね？　それから、最後に、ウェスパ椿山に行きませんかと誘ったのは、その運転手だった。そうでしたよね？」

亀井は、確認を取るように、純子の顔を見た。

「ええ、今も思い出して、間違いないと思うんです。深浦駅で降りて、一時間四十三分の余裕があるから、千畳敷まで行けるかどうか、それを試したい。そう思って、駅を出たのは、私です。でも、タクシーの運転手に声をかけたのは、佐伯香織なんです。

それから、千畳敷の後、不老ふ死温泉に行って、そこで、五能線でいちばん新しいリゾート施設を見に行きませんか？　まだたっぷり時間がありますから。そういって誘ったのは、タクシーの運転手さんなんです。これも、はっきりと覚えています」

「その運転手の名前を、覚えていますか？」

十津川が、きいた。とたんに、純子は、自信なげになって、

「それが、覚えていないんですよ。だって、そうでしょう？　私はあの時、佐伯香織のことばかり注意をしていて、タクシーの運転手さんがどんな人なのかなんて、全然注目していなかったですから。タクシーの運転手さんというのは、ただ単に、車を利用するだけの存在ですものね。もし、あの運転手さんが共犯だとわかっていたら、名前を確かめますよ。でも、そうは思わなかったから」

純子が、また悔しそうな顔になった。

「しかし、今、カメさんがいったように、どう考えても、そのタクシーの運転手が共犯でなければ、佐伯香織が、スムーズに事を運んで、同じ『リゾートしらかみ3号』に乗っていた小池を殺すことは、まず不可能だと、私は考える。だから、どうしても、思い出して欲しいんだ」

と、十津川が、いう。

「残念ですけど、思い出せません」

「年齢は？」

「確か、四十歳から五十歳ぐらいの男の人でした。中肉中背で、顔は丸顔でした」

「その運転手が、どんな服装をしていたか、それは覚えている？」

亀井が、きいた。

「ええ、会社の制服を着ていました」

純子が、いった。

「どうして、制服だと思うのかね？」

「だらしのない格好じゃなかったし、何となく、キリッとしていたような印象があるんですよ」

「それだけじゃ、会社の制服かどうかは、わからないな。それから、タクシーだが、個人タクシーだった？　それとも、法人のタクシーだった？　どっちだったか、覚えていないかな」

「個人タクシーじゃなかったと思います」

「どうして、そう思うんだ？」

十津川の質問は、しつこかった。

「だって、個人タクシーなら、すぐわかりますよ。あの時乗ったタクシーですけど、確か、深浦駅前に、ほかにも同じような色のタクシーが、何台か停まっていましたから。だから、あれは、どこかのタクシー会社のタクシーですよ」

「それは、間違いないのか？」

「そういわれてしまうと困るんですけど、少なくとも、個人タクシーではなかったと、私は思っています」

　あまり自信のないいい方で、純子が、いった。

「それから、タクシーの運転手は、千畳敷の後、不老ふ死温泉に案内したり、最後には、第三セクターが運営するウェスパ椿山に、君たちを案内した。その時の口調なんだが、どんな口調だったのかな？　五能線の沿線のことを、よく知っているような口ぶりだったかね？」

「ええ、それはもちろん。だから、私も運転手さんに任せる気になって、そのタクシーで、最後にはウェスパ椿山に行ったんですから」

　これには、純子は、自信ありげに、いった。

「ということは、他県のタクシーじゃないね」

「そうでしょうね。警部のいわれるように、他県のタクシーではないと思います。おそらく、五能線の沿線で、営業しているタクシーじゃありませんか？　だから、五能線沿線の観光や名所に詳しかった。私は、そう思いますよ」

亀井が、うなずきながら、いった。

「だとすると、その運転手を探し出すのは、そう難しいことじゃないし、もしかしたら、青森県警もその運転手のことは、すでに調べているかも知れないしね。谷本警部に聞いてみよう」

十津川も、やっと、顔をほころばせて、いった。

十津川は、阿部純子に、旅館で待っているようにいってから、亀井と二人、五所川原警察署に、谷本警部を訪ねた。

「谷本さんに、探してもらいたい男がいるんですよ」

十津川は谷本にいった。

谷本は、眉《まゆ》をひそめて、

「十津川さんは、未《いま》だに、橋本豊のことを犯人としては認めていらっしゃらないんでしょう？　だからといって、真犯人を探してくれといったような要望は、お断りしますよ。われわれは、あくまでも、三村しのぶを殺したのは、橋本豊で間違いないと思っていますからね」

十津川は、苦笑しながら、

「いやいや、そんなことは、お願いしませんよ。お願いしたいのは、五能線沿線で、営業しているタクシー会社の運転手を一人、探して欲しい、ということです」

「タクシーの運転手ですか？」

谷本は、拍子抜けしたような顔で、十津川を見た。

「小池康治が、『リゾートしらかみ3号』の2号車で殺された日のことです。その日、深浦駅で、阿部純子と佐伯香織の二人を乗せたタクシーの運転手を、探しているんです。あの日、『リゾートしらかみ3号』が深浦駅に着いたのは十三時四十二分です。ですから、阿部純子と佐伯香織の二人が、列車を降りて、駅前でタクシーを拾った時刻はおそらく、十三時四十五、六分じゃないかと思うのです。その時、二人を乗せたタクシーの運転手が誰なのか、それを知りたいんですよ。どうやら、個人タクシーではなくて、どこかの会社の車だと思うので、その点を考慮して、探していただけませんか？　五能線沿線のことを詳しく知っていた運転手だそうですから、少なくとも、他県のタクシーではないと、思っています」

「そのタクシーの運転手が、何か事件に関係があるんですか？」

谷本警部は、探るような目つきで、十津川を見た。

「いや、関係があるとは、別に思っていないんですよ。ただ、いろいろと調べたいことがあるので、何とか、その運転手を探していただきたいのです」

十津川は、丁寧な口調で、頼んだ。

「わかりました。その運転手には、もう事情を聞いていて、タクシー会社も判《わか》っていますから、明日にでも、連絡をとってみます」

と、谷本は、いった。

翌日、旅館にいた十津川のところに、谷本から、電話が入った。

十津川は、急いで、亀井と二人、谷本のところに行ってみると、谷本は、一枚の写真を二人に見せた。

「十津川さんのいわれたタクシーの運転手は、この男です。名前は安藤圭介《あんどうけいすけ》。年齢は四十五歳です。深浦に営業所がある深浦交通の運転手で、深浦交通では、二年前から働いています」

谷本は、そう教えてくれた。

「この安藤という運転手に会うには、どこに行ったらいいんでしょうか？」

十津川が、きくと、谷本警部は、

「それがですね、もう、安藤は、タクシー会社にはいないんですよ」

「どうして、いないんですか？」

十津川の声が、つい高くなった。

「会社に電話をして、出頭してくれるように頼んだのですが、会社のほうでは、彼は、二日前に辞めてしまって、今どこにいるのかは、わからない。そんな返事だったんです」

「辞めたって、どうして、突然辞めたんですか？」

「それは、わかりません。会社の説明では、二日前、突然、安藤運転手が、事情があって辞めたいといってきたそうです。一応、引き留めたんだそうですが、決意が固そうなので、退職を認めざるを得なかった。そういっています」

「今どこにいるのか、わかりませんか？」

「今もいったように、タクシー会社を辞め、自宅も引き払ってしまっているようなので、現在、行き先は、まったくわかりません。ただし、彼の同僚に話をきいたところ、安藤は、同僚の二人には、東京にいい仕事が見つかったので、家族を連れて、東京に行く。そういっていたそうです」

「安藤運転手には、家族がいたんですか？」

「妻の久子、四十四歳、それから、娘の治美《はるみ》、二十一歳、この三人で暮らしていたそうです」

「東京に行ったというのは、間違いないんですか？」

「少なくとも、同僚の二人には、東京でいい仕事が見つかったから、東京に行く。そういっていたそうです」

「しかし、奥さんはともかくとして、娘さんのほうは、何か支障があったんじゃありませんか？　何しろ、二十一歳という年齢ですから」

亀井が、きいた。

「ええ、娘さんは、短大を出てから、五所川原の住宅建築の会社で、ＯＬをやっているということですから」

「その娘さんも、父親と一緒に、青森から引っ越してしまったのですか？」

「おそらく、そうでしょう」

「おそらくというのは、どういうことですか？」

「家族三人とも、つまり、安藤運転手と妻、そして、今いった娘の、三人ですが、三人とも、もう深浦のマンションには、住んでいないからですよ」

「でも、娘さんは、今までの仕事を続けたいから、父親とは一緒に引っ越さなかったんじゃありませんか？　どこか、この五所川原の別のところに、新しくマンションでも借りて、以前と同じ会社で、ＯＬの仕事を続けているんじゃありませんか？　その点は、調べてくれたんですか？」

「いや、そこまでは調べていません。十津川さんが、安藤運転手に会いたいというものですから、彼の会社に連絡をとって、今、ご報告しているんです」

「では、安藤治美がＯＬをやっていた、五所川原の会社の名前を教えてもらえませんか？　そこにいるかどうか、こちらで確かめますから」

十津川が、いうと、谷本は、手帳を取り出して、

「陸奥《むつ》建設、それが会社の名前です。従業員五十人ばかりの、小さな会社ですよ」

そういって、その詳しい住所と電話番号を教えてくれた。

4

十津川と亀井は、すぐ、五所川原の街の北にある問題の陸奥建設に向かった。

谷本警部がいっていたように、会社の規模は、そう大きくはなかった。

受付で、十津川は、警察手帳を見せ、

「ここの会社で働いている安藤治美さんは、まだここにいるかどうか、調べてもらえ

ませんか？　確か、短大を卒業して年齢は二十一歳で、深浦から通っていたはずなんですが」

と、いった。

安藤治美は、経理で働いていて今日も出勤している、という。

十津川と亀井は、すぐに彼女に会わせてもらった。ちょうど昼休みになったので、十津川と亀井は、安藤治美に、会社の外の喫茶店に来てもらった。

背の高いところを除けば、平凡な感じの娘だった。

「お父さんは、二日前に突然タクシー会社を辞めて、お母さんと東京に行かれたそうですね？」

十津川が、コーヒーを勧めながらきくと、治美は、うなずいて、

「突然、東京に行ってしまったんです。私も一緒に来るように勧められたんですけど、この五所川原や、五能線沿線が好きなので、会社の社員寮に空きがあったこともあって、寮に入って、今まで通り、陸奥建設で働くことにしたんです」

「ご両親が、どうして突然、東京に行くことになったのか、その理由をきいていますか？」

「それが、はっきりした理由を、いわないんですよ。ただ、父の口振りだと、父は昔

から会社勤めがイヤで、いつかは、タクシー会社を辞めて、何か自分で商売を始めたい。そういっていたんです。タクシー会社に勤める前は、自分で小さな割烹《かっぽう》の店をやっていましたから。ここにきて、父に融資をしてくれる人が東京に見つかったので、決心をして上京をするんだ。そういっていましたけど」

「その融資をしてくれる人が、どんな人なのか、ご存じですか？」

「父は、はっきりとはいわないんですけど、何でも、タクシー会社で働いていた時、東京から観光に来ていた人を乗せて、五能線の沿線を案内した。その人に大変気に入られて、その人がお金を出してくれる。そんな話でした」

「その人の名前は、わかりませんか？」

「今もいったように、父は、あまりその人のことを話しませんでした。どうも、口止めされているみたいで」

と、治美が、いう。

「ご両親が上京してから、二日経《た》っているわけですが、今、どんなことになっているのか、わかりますか？」

亀井が、きいた。

「心配なので、二人が東京に行ってから毎日、父の携帯に電話をしているんですが、昨日、その東京の人が、一千万円融資してくれることに決まった。だから、これから適当な店を探すことにしている。そういって、すごく喜んでいました。だから、うまく行くんじゃないでしょうか」

「一千万円の融資ですか？」

「ええ」

「ご両親は、何かお金になるようなものを、持っているんですか？　それとも、いくらか貯金を持っていたんですか？」

十津川がきくと、治美は、首を横に振って、

「元々、割烹をやっていて失敗し、借金ができたんで、仕方なく、タクシー会社で働くようになったんですから、預金なんてなかったと思うし、金目のものを持っているとも、思えません。ですから、父の言葉を借りれば、たった一度乗せただけのお客さんから、気に入られたんだと思います。今もいったように、これといった抵当だってないのに、一千万円も、貸してくださるのですから」

「その一千万円の融資の話は、あなたが昨日、電話で、お父さんからきいたという、さっきの話ですね？」

「ええ、そうです。今もいったように、父は夢が叶《かな》って、本当に、喜んでいるようで

したから」

「今日はまだ、電話していない？」

「ええ、会社が終わってから、もう一度、電話をしてみようとは、思っていますけど」

「今、電話をしてみませんか？」

と、十津川が、いった。

治美は、変な顔をして、

「何か、危険なことでもあるんでしょうか？　父が、詐欺《さぎ》にでも引っ掛かっているというのでしょうか？」

と、きいた。

「それは、わかりません。ただ、何となく心配なので、昨日の話がどうなったのか、お父さんに、確認しておいたほうがいいと思いますよ」

十津川が、すすめた。

「それなら、かけてみます。刑事さんにそうおっしゃられると、何だか、心配になりましたから」

治美は、そういって、携帯電話を取り出した。

その携帯で、東京の父親に連絡を取った。

しかし、すぐ首を小さく横に振って、

「出ません。ホテルに携帯を置いて、母と一緒に外出でもしちゃったのかしら」

「お父さんはいつも、携帯を持っているとは限らないんですか？」

「ええ、いつも持っているとは限りませんけど、東京に行ってからは、私との連絡があるので、いつも、携帯を持っているといっていたのですけど」

「ご両親の新しい住所はどこか、わかりますか？」

十津川が、きいた。

「仕事のことがはっきりするまで、東京では、ホテルに泊まっていると、両親はいっていました。新宿のSホテルです」

と、治美が、答える。

「何号室か、わかりますか？」

「確か、一一二五号室だったと思いますけど。ツインの部屋で、そこに両親は泊まっているはずなんです」

「じゃあ、そのSホテルに電話をして、確認してもらってください。今、あなたのご両親が、そこのホテルにいるかどうか」

と、十津川が、いった。

治美はすぐ、新宿のSホテルに電話をした。

治美は、フロント係と小声で何か話していたが、そのうち、十津川のほうを向いて、

「両親はもう、出掛けたみたいです。朝食の後、十時半過ぎには外出したそうで、どこに行ったのかは、わからないと、いっています」

と、いった。

「君の両親に一千万円を融資してくれるという人の名前は、本当にわからないんですか？」

十津川が、念を押した。

「ええ、父も母も、一言もいっていませんでしたから。その相手に口止めされているみたいなんです」

「危ないな」

亀井が、短かくいった。

「何が危ないんですか？」

治美が、十津川を睨《にら》むようにして、きつい調子で、きいた。

「あなたのお父さんが、悪人の罠《わな》にかかってしまった可能性があるんですよ」

「でも、どうして、父が？　父は、何も悪いことなんてしていませんよ。ただ、自分の店を持ちたかっただけで、いいスポンサーが見つかったと、喜んでいただけなんですよ」

「いいですか。一千万円もの大金を融資して、東京に店を持たせてあげる。そういわれて、あなたのお父さんとお母さんは東京に行ったんでしょう？　でも、そんなおいしい話が、あると思いますか？」

十津川が、きく。

十津川が治美と話している間に、亀井は、東京の捜査本部に電話をかけ、西本たちを呼び出して、すぐ、新宿のSホテルに急行し、そこに泊まっているはずの、安藤夫妻の行方を調べ、危険が迫っている場合には、助けるようにと、指示していた。

そうした切羽詰まった雰囲気が、治美にも伝わったのだろう。不安気に、

「父はなぜ、騙《だま》されたんですか？　騙されて、わざわざ、東京まで行ったんですか？　それも、母と一緒に」

「最近になって『リゾートしらかみ3号』の車内で、東京の人間が毒殺されたという事件が起こったんですよ。それは、あなたも知っているでしょう？」

十津川が、治美にきいた。

「ええ、知っていますけど、私や父と母には全く関係がないし、ニュースで聞いて、知っているだけです」

「問題は、その事件が起こった日なんですよ。最近、お父さんの様子に、何かいつもと変わった点は、ありませんでしたか？」

「いいえ、別に、変わったことなんて、ありませんでした」

と、治美は、いってから、何かを思い出したように、

「そういえば、一つだけ、変なことがありました」

と、いう。

「どう変だったんですか？」

「多分、刑事さんがおっしゃった日だと思いますが、父は、お休みの日だったんです。それなのに急に、朝になってから、今日も働いてくる。そういって深浦の営業所に出掛けていったんですよ。そして、一日働いて、帰ってきました」

「お父さんは、休みの日なのに、急に働きにいったんですね？　そういうことは、前にもあったんですか？」

「いいえ、私が知っている限り、前にはそういうことは、一度もありませんでした。でも、あの日は急に、私には、お客さんの指名が入ったから、車に乗ることになった。

そういって出掛けていったんですよ」

「あの日、帰ってきてからのお父さんの様子は、どうでしたか？　どこか、変なところはありませんでしたか？」

十津川が、きいた。

「いつもの通りの父でしたけど、そういえば、少しだけ、いつもより興奮しているような感じがしました。でも、それは休みの日なのに出勤したから、それで興奮したんじゃないのか？　私は、そんなふうに思っていましたけど、父に何かあったんでしょうか？」

「いや、今のところ、まだはっきりとはしていません」

十津川は、慎重にいった。

5

会社の昼休みの時間が終わったので、治美は、帰っていった。

その後で、十津川は、東京の西本に電話をかけた。

「今、どこにいるんだ？」

十津川が、きく。

「現在、新宿のSホテルに来ています。安藤夫妻はまだ外出中らしく、留守でした。フロント係にきいたところ、行き先はわからない。そういわれました。これから、どうしたらいいでしょうか？」

逆に、西本が、きいた。

「事情を話して、安藤夫妻が泊まっている部屋を、見せてもらえ。そこに、携帯電話があるかどうかを調べて欲しいんだ。すぐに調べて、わかり次第至急連絡をしてくれ」

十津川は、そういった。

十二分後に、折り返し電話があった。

「安藤夫妻が泊まっている部屋を見せてもらっているのですが、ここには、携帯電話は、見当たりません」

西本が、いう。

「詳しく調べたんだろうね？　それでも見つからないのか？」

「夫妻の着替えや、身の回り品などは、見つかりましたが、いくら調べても、携帯電話は見つかりません。おそらく、安藤夫妻は、携帯電話を持って、外出したんじゃないでしょうか？」

「その携帯電話に、こちらから何回連絡をしても、安藤夫妻は一向に出ないんだよ」

と、十津川は、いってから、

「君たちはこれからすぐ、佐伯夫妻の自宅と、それから、佐伯工業のほうを調べてくれ。今のところ、あくまでも推測でしかないんだが、安藤夫妻は、佐伯夫妻に誘拐されたか、あるいは、監禁されている恐れがある。もし、そうなっていたら、助け出して欲しいんだよ。時間が経てば、殺されてしまう可能性もある。だから、急いでくれ！」

6

東京では、刑事たちが動員され、二手《ふたて》に分かれて、佐伯の自宅と会社に、急行した。

社長の佐伯勇は、会社に出勤していなかった。秘書の話では、今日は、何の連絡もなく、休んでいるという。

自宅に急行した刑事たちも、佐伯勇も、佐伯の妻、香織も見つけることができなかった。二人とも、自宅にはいなかったからである。

ただ、自宅にいたお手伝いが、西本たちに、こう話した。

「ご主人も奥さまも、今日は、大事な人に会う約束があるので、夕方まで帰らない。そういって、ロールスロイスで十時半過ぎにお出かけになりました。いつもなら、運転手が運転するんですけど、今日は、社長が自分で運転して、出掛けていかれました」

「行き先は、わかりませんか？」

西本が、きくと、

「わかりません。ご主人も奥さまも、行き先については、一言もおっしゃいませんでしたから」

と、いった。

「佐伯さんには、東京の近くに、別荘がありませんか？」

日下《くさか》刑事が、こうきいたのは、

（別荘を持っていれば、ひょっとして、そこに、十津川警部のいっていた安藤夫妻を連れて行ったのではないのか？）

と、思ったからだった。

日下刑事の質問に対して、お手伝いは、

「箱根の宮ノ下に、別荘をお持ちです。以前に一度だけ、お掃除に、行ったことがあります」

「その詳しい場所を、教えてください」

日下がいい、お手伝いは、宮ノ下のその別荘の住所を、紙に書いてくれた。

刑事たちは、一斉にパトカーで、箱根に向かった。

そのパトカーの中から、西本が、五所川原にいる十津川に、連絡を取った。

「佐伯夫妻は、会社にも自宅にもおりませんでした。それで、現在、佐伯夫妻が箱根の宮ノ下に持っている別荘に、向かっています。ひょっとすると、警部のいわれた安藤夫妻は、その別荘に監禁されているかも知れませんから」

電話を受けた十津川も、

(問題の別荘に、安藤夫妻が監禁されているかどうか、おそらく、その可能性は五〇パーセントだろう)

と、思った。

(それと同じく、すでに、安藤夫妻が二人とも殺されている可能性だって、五〇パーセントあるのだ)

7

箱根宮ノ下に着いた西本たちは、すぐ佐伯の別荘に向かった。

その一軒だけが、少しだけ、ほかの別荘とは、離れたところにあった。

近づくと、刑事たちは車を停め、そこから歩いて別荘に向かう。

白樺《しらかば》の林の中にある、瀟洒《しょうしゃ》な二階建ての別荘だった。

周囲は、薄暗い。しかし、その別荘には灯《あか》りがついていた。外には、ロールスロイスが停まっている。

西本と日下は、ほかの刑事たちを別荘の裏手に回してから、門についている、インターフォンを鳴らした。

しかし、何回鳴らしても、相手が出る気配はなかった。

しかし、目を凝らすと、別荘の一階も二階も灯りがついているのが、はっきりとわかった。誰かがいるのは、間違いないだろう。

西本は、裏手に回った三田村刑事たちに、携帯で連絡した。

「こちらでずっと、インターフォンを鳴らし続けるから、裏手に回った君たちは、裏口を壊して、家の中に入ってくれ」

西本は、三田村にそういってから、もう一度インターフォンを鳴らした。いや、鳴らし続けた。

そのうちに、目の前の別荘の建物の奥から、物音がきこえた。どうやら、裏手に回った三田村刑事たちが、別荘の建物の中に入り込んだらしい。

西本たちも、それに応《こた》えて、玄関から中に突入することにした。

玄関は、錠が掛かっている。

西本は、大声で呼びかけた後、パトカーから持ち出してきたスパナで、玄関の扉を叩《たた》き割った。

そうしておいて、日下と、建物の中になだれ込んでいった。

裏口から入った三田村たちが、西本たちよりも先に、二階への階段を駆け上がっていった。

二階には、猟銃を持った佐伯勇が身構えていて、そのそばに、青ざめた顔の香織が立っていた。

夫妻の背後には、中年の夫婦が、昏睡《こんすい》状態で倒れていた。

「殺したのか？」

三田村刑事が、猟銃を持っている佐伯勇に向かって、怒鳴った。

佐伯は、黙っている。

刑事の一人が、倒れている中年の夫婦のそばにしゃがみ込んだ。

倒れたまま反応はないが、しかし、息はあった。どうやら、麻酔を嗅《か》がされているらしい。

西本が、十津川に電話をかけた。

「今、箱根宮ノ下の佐伯夫妻の別荘に突入しました。佐伯勇は、猟銃を持っていますが、撃つ気配はありません。抵抗はしない様子です。同じ部屋に、中年の夫婦が倒れていますが、どうやら、麻酔で眠っているようです。命には別状はないと思われます」

「その中年の夫妻が、青森からそちらに行った安藤夫妻かどうか、何かで、確認できないか？」

十津川が、きく。

「佐伯夫妻は、そのことを聞いても、何もしゃべりません」

西本がそういっていると、日下刑事が、中年の男のポケットから見つけ出した、運転免許証を渡した。

西本は、電話をかけながら、その運転免許証に、目をやった。

「間違いなく、警部のいわれた安藤圭介、四十五歳のようです。上着のポケットから運転免許証が見つかりましたが、今いった安藤圭介の名前がありました。住所は、まだ青森県になっていますね」

「では、その男は、間違いなく、安藤圭介なんだな？」

十津川は、慎重に、再度、念を押した。

「それは、間違いありません」

「よし。誘拐監禁容疑で、佐伯夫妻を逮捕しろ！」

十津川の声が、急に大きくなった。

8

安藤夫妻は、いったん、箱根町の救急病院に運ばれた。刑事たちが考えたように、命には別状がなく、どうやら、麻酔を嗅がされたらしい。

夜遅くなって、刑事たちは、安藤夫妻に話をきくことができた。その話をそのまま、西本が、十津川に伝えた。

「安藤圭介からきいた話を、そのままお伝えします。安藤は、青森県の深浦に住み、深浦交通のタクシーの運転手をやっていましたが、ある日突然、自分の車に乗った東京の女性から、儲《もう》け話を持ちかけられたそうです。今度、若い女性と二人で、五能線に乗ることになった。深浦で降りてタクシーに乗るから、その時是非、安藤圭介の運転するタクシーに乗ることにしたい。そう話して、もし、自分のいう通りに運転してくれたら、そのあと、東京にきたとき一千万円の融資をして、あなたの希望している店を持たせてあげられる。そういって、その手付けとして、二十万円もらった。そして、手付け金をくれ、東京での融資を約束してくれた女性、それはどうやら、佐伯香織のようですが、その佐伯香織が、約束通り深浦駅に現われたので、すぐに彼女の近くに行った。そして、彼女と打ち合わせていた通りに、『リゾートしらかみ3号』の蜃気楼《しんきろう》ダイヤを、よく頭に叩き込んでおいて、千畳敷、不老ふ死温泉、そして最後には、ウェスパ椿山に行き、時間を計って喫茶店に入る。その後、佐伯香織がトイレに立ち、そして、帰ってきたら、すぐに深浦駅に向かう。深浦駅に着くのは、十五時二十二分よりも後。一分でも二分でも、十五時二十二分の前に着いては、絶対にいけない。固く、そういわれていたそうです。そこで、十五時二十三分に着くように、タクシーを運転して、深浦駅に戻ったそうですよ。その後、何があったのかは、自分はまったく関係ないし、知らない。ただ、二日前に、東京から電話がかかってきて、今すぐ、東京に来て欲しい。一千万円の融資をする。そういわれたので、あわててタクシー会社に辞表を出し、妻と二人で、上京したんだそうです。娘の治美も、連れてきたかったのだが、彼女は、五所川原を離れるのはイヤだといい、会社の寮に入って、今まで通り、陸奥建設で働き続けることになったんだそうです。そして、自分たちは、二日前に上京し、新宿のSホテルに、部屋を取った。部屋代もすべて、佐伯香織が払っていたみたいですね。そして、今朝十時半に、電話がかかってきて、一千万円の現金を渡す。それから、これはと思う物件も用意しておいたから、すぐ夫婦でホテルから出てきて欲しい。そういわれたそうですよ。ホテルの前には、佐伯香織が車を停めて待っていてくれた。それで、感謝しながら、そのロールスロイスに乗ったのだが、ロールスロイスの中には佐伯香織のほかに、夫の佐伯勇が乗っていた。ところが、いきなり、安藤夫妻は麻酔を嗅がされて、倒れてしまった。気がついたら、箱根の別荘に監禁されていた。そう証言しています。これで、よろしいんでしょうか？」

西本が、きいた。

「ああ、小池康治《やすはる》殺しについては、これで解決したとみていいだろう。ただ、他の二件については、時間がかかるかも知れないな」

十津川は、そういった。

二件の殺人事件を、これから、解決しなければならないのだ。五能線の千畳敷で起きた三村しのぶ殺しと、東京での弁護士井上亜紀子殺しである。

どちらも、佐伯夫妻が、関係していることはわかっている。あとは、佐伯夫妻が、簡単に自供するか、粘って抵抗するかである。

（時間はかかっても、佐伯夫妻の自供に持ち込めるだろう）

その自信が、十津川には、あった。

好評受け付け中

西村京太郎ファンクラブ

会員特典（年会費2200円）

◆オリジナル会員証の発行　◆西村京太郎記念館の入場料半額
◆年２回の会報誌の発行（４月・10月発行、情報満載です）
◆抽選・各種イベントへの参加（先生との楽しい企画を考案中です）　◆新刊、記念館展示物変更等をハガキでお知らせ（不定期）

入会のご案内

■郵便局に備え付けの郵便振替払込金受領証にて、年会費2200円をお振り込みください。
口座番号　00230－8－17343
加入者名　西村京太郎事務局
＊払込取扱票の通信欄に以下の項目をご記入ください。
①**氏名**（フリガナ）②**郵便番号**（必ず７桁でご記入ください）③**住所**（フリガナ・必ず都道府県からご記入ください）④**生年月日**（19××年××月××日）⑤**年齢**　⑥**性別**　⑦**電話番号**
■受領証は大切に保管してください。■会員の登録には約１ヵ月ほどかかります。■特典等の発送は会員登録完了後になります。

お問い合わせ　西村京太郎記念館事務局
TEL　0465－63－1599
＊お申し込みは郵便振替払込金受領証のみとします。
　メール、電話での受け付けは一切いたしません。

2008年２月現在

西村京太郎記念館

〈1階〉 茶房にしむら
サイン入りカップをお持ち帰りできる京太郎コーヒーや、ケーキ、軽食がございます。
〈2階〉 展示ルーム
見る、聞く、感じるミステリー劇場。小説を飛び出した三次元の最新作で、西村京太郎の新たな魅力を徹底解明！

〒259-0314　神奈川県足柄下郡湯河原町宮上42番地29号
TEL:0465-63-1599 FAX:0465-63-1602

■交通のご案内
◎国道135号線の千歳橋信号を曲がり千歳川沿いを走って頂き、途中の新幹線の線路下もくぐり抜けて、ひたすら川沿いを走って頂くと右側に記念館が見えます。
◎湯河原駅よりタクシーではワンメーターです。
◎湯河原駅改札口すぐ前のバスに乗り〔湯河原小学校前〕（160円）で下車し、バス停からバスと同じ方向へ歩くとパチンコ店があり、パチンコ店の立体駐車場を通って川沿いの道路に出たら川を下るように歩いて頂くと記念館が見えます。
●入館料／500円(一般)・300円(中・高・大学生)・100円(小学生)
●開館時間／AM9:00～PM4:30（入館は PM4:00まで）
●休館日／毎週水曜日(水曜日が休日となるときは、その翌日)

この作品は二〇〇六年三月新潮社より刊行された。

西村京太郎著

京都 恋と裏切りの嵯峨野

「私は、彼を殺します」美女の残したメッセージ。京都で休暇中の十津川警部が、哀しい事件に巻きこまれる。旅情豊かなミステリー。

西村京太郎著

箱根 愛と死のラビリンス

時価数億円の幻の名画。その行方を暗示するような謎の数え唄が招く連続殺人。暴走する欲望のゲームの仕掛け人を十津川警部が追う。

西村京太郎著

災厄の「つばさ」121号

山形新幹線に幾度も乗車する妖しい美女。彼女が旅に誘った男たちは、なぜ次々と殺されてゆくのか？　十津川警部、射撃の鬼に挑む。

西村京太郎著

裏切りの特急サンダーバード

四百人以上の乗客を乗せた、特急サンダーバードが乗っ取られた！　謎の富豪・大明寺一郎と十津川警部の熾烈な頭脳戦が始まる。

西村京太郎著

松山・道後十七文字の殺人

松山で開催された俳句祭りで、殺人を宣告する不気味な投稿句が見つかった――。十津川警部を翻弄する未曾有の復讐劇、いざ開幕！

西村京太郎著

謎と殺意の田沢湖線

故郷をダムの底に失った村人たち。彼らを襲った悲劇とは。十津川警部が四つの鉄路をめぐる事件に挑む。傑作トラベルミステリー集。

西村京太郎著
東京湾アクアライン十五・一キロの罠
アクアラインを爆破されたくなければ、五億円を渡せ！　巧妙な計画を立て爆弾を駆使する犯罪集団と、首都を守る十津川警部が激突。

西村京太郎著
高知・龍馬 殺人街道
〈現代の坂本龍馬〉を名乗る男による天誅連続殺人。最後の標的は総理大臣!?　十津川警部の闘いが始まった。トラベル&サスペンス。

内田康夫著
皇女の霊柩
東京と木曾の殺人事件を結ぶ、悲劇の皇女和宮の柩。その発掘が呪いの封印を解いたのか。血に染まる木曾路に浅見光彦が謎を追う。

内田康夫著
蜃気楼
舞鶴で殺された老人。事件の鍵は、老人が行商に訪れていた東京に——。砕け散る夢のかけらが胸に刺さる、哀感溢れるミステリー。

乃南アサ著
凍える牙
直木賞受賞
凶悪な獣の牙——。警視庁機動捜査隊員・音道貴子が連続殺人事件に挑む。女性刑事の孤独な闘いが圧倒的共感を集めた超ベストセラー。

白川道著
終着駅
〈死神〉と恐れられたアウトロー、視力を失いながら健気に生きる娘。命を賭けた恋が始まる。『天国への階段』を越えた純愛巨編！

五《ご》能《のう》線《せん》の女《おんな》

新潮文庫　に - 5 - 21

平成二十年二月一日発行

著者　西《にし》村《むら》京《きょう》太《た》郎《ろう》

発行者　佐藤隆信

発行所　株式会社新潮社

郵便番号　一六二―八七一一
東京都新宿区矢来町七一
電話　編集部（〇三）三二六六―五四四〇
　　　読者係（〇三）三二六六―五一一一
http://www.shinchosha.co.jp

価格はカバーに表示してあります。

乱丁・落丁本は、ご面倒ですが小社読者係宛ご送付ください。送料小社負担にてお取替えいたします。

印刷・大日本印刷株式会社　製本・憲専堂製本株式会社

ISBN978-4-10-128521-4 C0193